# 花物語 ハナモノガタリ

西尾維新
NISIOISIN

BOOK & BOX ORIGINAL DESIGN by VEIA

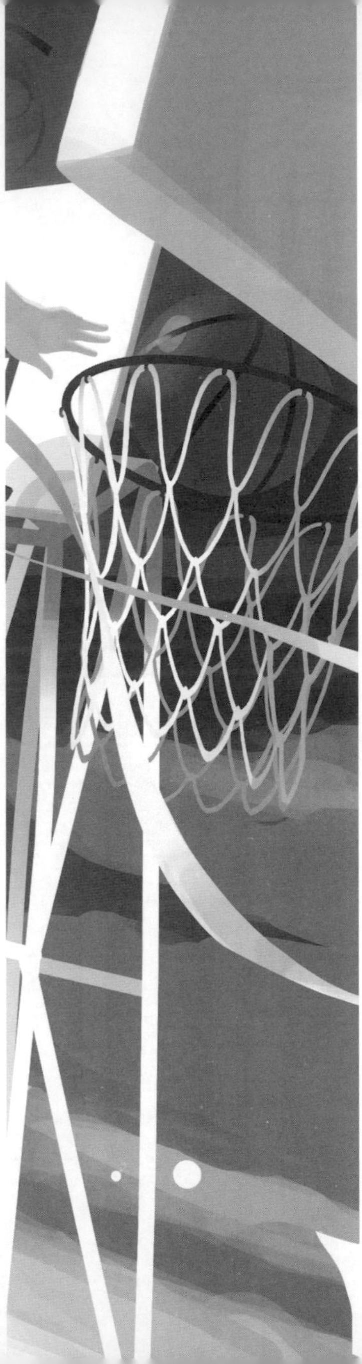

BOOK&BOX DESIGN
VEIA

ILLUSTRATION
VOFAN

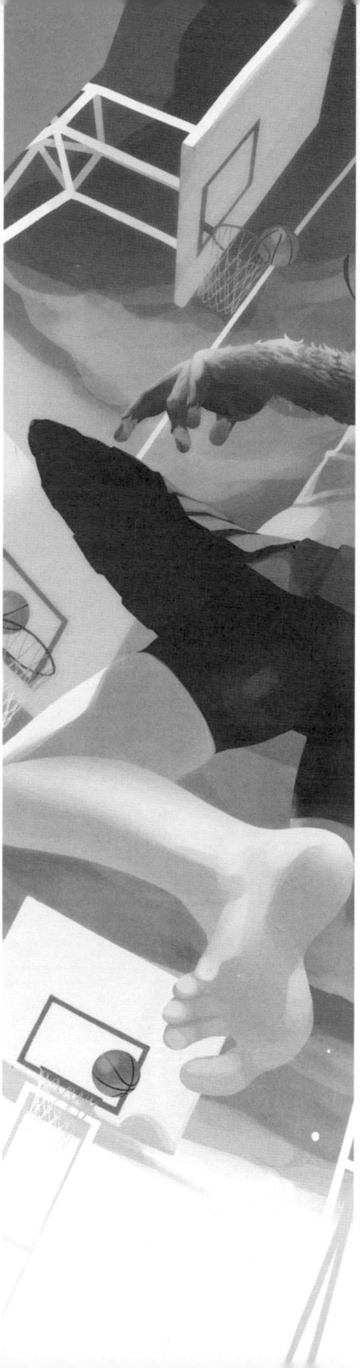

# 第變話 駿河・惡魔

# 第變話 駿河・惡魔

KANBARU SURUGA

# 001

從現在開始，我想述說「神原駿河是笨蛋」這件事，不曉得各位是否願意賞光聆聽。該怎麼說，這種事根本不重要，我甚至覺得會傷了各位的耳朵而過意不去，不過可以的話，我由衷希望各位肯聽我說。

但我覺得應該沒意義。

連一點意義都沒有。

「她」應該會否定吧，但像是「說出來會比較舒坦」或是「光是有人肯聽就會比較舒坦」這種說法，我個人抱持否定態度。假設真的覺得變得舒坦，我想肯定也只是自己多心。

這種多心、這種錯覺，正是人們的期望，而且是打從內心的期望——我想她果然會這麼說吧，但是不知為何，我即使心中某處深深認同這種說法，卻還是難以接受。

不對。

我覺得自己應該只是因為「這是她的意見」而無法接受。我是否接受這個意見，並非取決於這是怎麼樣的意見，而是取決於她是怎麼樣的人。

說來真過分。

問題不在於說了什麼，而是誰說的，這種想法乾脆可以形容為歧視。但如果這也是我這個人的一部分，我也無法不分青紅皂白否認這種心態。

這一生不用討厭他人該有多好；這一生不用憎恨他人將多麼幸福。

我明白。不用他人闡明，我也明白這種道理。

但如果做得到，就不會那麼辛苦了。

我至今討厭、憎恨過各種人。不過在這個世上，是否真的有人敢公然宣稱「我至今未曾討厭他人」？

至少我——神原駿河，知道許多討厭的人。

而且，我也不認為自己是個好人。

如果是我自己的黑暗面，我至今看太多了，多到令我好想死。

令我好想殺。

……我不擅長思考，換個率直的說法，我是個笨蛋，因此我不太清楚這種事，不過各位在這方面是如何妥協的？

活在這個世上的人，大多不可能熱愛自己，認為自己的人格最高尚。無論是個性還是人生本身，肯定會不滿、討厭自己某些部分，陷入自我厭惡的情緒。

肯定動不動就討厭自己。

即使如此，明天還是得繼續活下去吧？

各位在這方面如何妥協，賦予什麼樣的意義？可以的話，請各位告訴我。

我做不到。

因此，我向惡魔許願。將自己的黑暗面，當成不屬於我的東西而切離。

但是到最後，這種做法只是把我自己改造成惡魔。

當時，我只是在自己內心發現惡魔，並且培育惡魔。如此而已。但也正因為只是如此而已，我想各位或多或少都做過這種事。

就算這麼說，我的罪孽也絕對沒有因而減輕，我也絲毫沒有脫罪的念頭。

但我心想，各位究竟是怎麼做的？

……我想知道這一點，因此從現在起，我想述說自己是個多笨的人。因為我覺得依照禮儀，若是想聽他人述說，必須先由我自己說起。

不對。我還是沒這種想法。

教導我這個禮儀的人，果然也是她。

所以接下來要說的，也是關於她的事情——關於我與她的事情。

希望各位聽我說。

而且可以的話，請各位聽完之後，述說您的事情給我聽。這樣我會很高興。

我過的像是笨蛋的人生。

至於您，過著什麼樣的人生？

# 002

「不成藥，便成毒。否則妳只是普通的水。」

家母說過這種話。

我想她應該不是一位好母親。至少和世間一般的「母親」形象差很多。

我在電視或書上看見「母親」時，知道「母親」在知識層面的意義時，我甚至有種超越突兀感的作嘔感。她和一般母親的形象就是差這麼多。

不過，「因為是母親就非得是聖母」這種守舊故我的說法，應該只是強制灌輸給人的偏見，「母性本能」只不過是後天教育的成果。我在理性上明白這一點。

即使如此，我依然認為她異常。認為她是異常的母親。

「駿河，妳的人生肯定比凡人麻煩，令妳倦怠、煩悶又無奈。但這不是因為妳優秀，是因為妳軟弱。妳將一輩子背負這份軟弱活下去。但願這份『麻煩』不會成為妳的人生意義。」

這位母親就像這樣，喜歡講得似懂非懂哄騙他人。部分原因應該在於她沒把我視為孩子，而是視為獨當一面的人來對待，但是母親不把孩子當成孩子對待，說起來也挺奇怪的。

孩子在父母眼中，明明永遠都是孩子才對。

在那個人眼中，我似乎只是一個「位於那裡的小傢伙」而已。
即使聽朋友聊他們的父母，我也深刻認為那個人果然和一般人不一樣。
但她終究是我的母親，所以對我來說，這是理所當然。
理所當然。
不過，我在生活、成長的過程中，確實覺得這種「理所當然」有點不對勁。
我一直詫異父親喜歡她的哪一點。不過這或許只是我天真地堅信夫妻肯定是兩情相悅而結合吧，算是我人生一段可愛的小插曲。
何況如果真要質疑，我應該質疑的不是父親為何喜歡那個人，而是那個人為何不惜私奔也要和父親結婚。
雖然不是絕對，但我實在不認為她是那麼熱情的人。
她說她辛苦過。至少我是這麼聽說的。
她為了和神原家的長子在一起，歷經各式各樣的勞苦、面對莫須有的歧視、遭受許多挫折，在最後私奔。
她曾經過著逃避般的生活。
保守來說，應該不是幸福的戀愛。至少不受祝福。
這是一場如同和幸福反其道而行的戀愛。如果只注意這一點，就覺得這確實是我的母親，但我認為我和那個人之間，存在著無法接受的差異。

或許只是我想這麼認為吧。

只是希望如此。

到頭來，或許母親才不想和我相提並論。她應該不希望和我這種對「分際」一知半解的人相提並論。

不過，他們兩人和樂融融一起出車禍而共赴黃泉，無論是親生子女或是獨生女，應該都沒有介入他們的餘地。

我這麼想。

我從以前就這麼想，但這種想法最近更加強烈。

父親和那個人過世之後，我由爺爺奶奶收養。我不曉得外公外婆是否真實存在。這麼說挺奇怪的，但我覺得那個人不太可能是「某人的孩子」。順帶一提，爺爺奶奶對那個不只搶走寶貝獨生子，還像是殉情般離世的女性似乎恨之入骨，即使終究沒對年幼的我說她的壞話或怨言，對那個人的負面情感卻是藏也藏不住。

我覺得既然這樣，乾脆坦白說出來比較好。

這麼一來，或許就可以一起聊個痛快。

我如此心想。

「妳在成為我女兒的時間點就受到詛咒。但不只侷限於妳，所有嬰兒在『生為人類』的時間點都受到詛咒。何況，妳不覺得人類生下人類很噁心嗎？在這個難熬的世界，宣稱傳宗接代美麗又神聖的說法大行其道，妳不覺得這是神賜予的詛咒枷鎖嗎？難道是我想太多？不對，我想疼愛妳的想法不是我的意志，肯定是神的意志。」

那個人說過這種話（我依稀記得），所以反過來說，那個人似乎姑且以她自己的方式頗為疼愛我。

這麼說來，我回想起父親說過「那孩子是代替神而活」。父親居然將自己的妻子稱呼為「那孩子」，現在回想起來令人會心一笑，但我無法認同他的意見。

無法照單全收。

該怎麼說……

對，就我來說，那個人如同惡魔。

「神或惡魔都一樣。即使講一堆亂七八糟的藉口，人類終究是那些傢伙的玩具。不要胡思亂想這種明白至極的事。」

那個人如是說。

我的母親神原遠江——舊名臥煙遠江的她如是說。

「笨女兒，快給我醒來，今天是期待已久的新學期吧！」

「！」

我猛然顫抖。

這個好大的聲音驚醒我。這當然是夢中的聲音，但是腦中響起的這聲仿真斥責，使我瞬間清醒。

明明是四月上旬的清涼早晨，我全身卻瞬間滿是汗水。

「唔哇，唔哇，唔哇……」

最不舒服的一次清醒。

這是神原史上最不舒服的一次清醒。我還以為會死掉。

阿良良木學長每天早上都由兩位可愛的妹妹叫醒，他經常嘀咕抱怨這件事，但妹妹們無論是以何種方式叫醒，總不可能是趁著學長熟睡時以凶器襲擊，應該不會抱持我這種恐怖情緒醒來。

啊啊，好恐怖。

……哎，雖然今天是做夢的錯，不過到頭來，我很久沒有「舒服清醒」的經驗。

我看著左手臂這麼想。

看著以膠帶層層包覆，綁在房間柱子上的左手臂這麼想。

「……呼。」

我以右手徒手扯斷膠帶，進行一如往常的這項例行工作時，我緩緩恢復鎮靜。平復激動的情緒。

左手臂穩穩固定在不會動的柱子上，所以我睡覺無法翻身，基於這種意義難以熟睡，但要是沒這麼做，我不曉得自己睡著時會闖出什麼大禍。

不曉得自己睡著時，下意識之間，會闖出什麼大禍。

即使以手銬之類的東西固定，也可能下意識地以鑰匙打開，因此我使用膠帶。這麼一來，即使在半夜像是夢遊般穿上雨衣外出，出門時也必須將膠帶扯斷到無法再度使用的狀況，所以即使無法防止夢遊症狀發作，也可以知道自己曾經外出。

可以知道自己犯下的罪。

得以不用犯下名為「無知」的罪。

雖然我和熟睡無緣，但是比起和無知無緣，前者好得多。

從那年五月之後，從我在睡眠時的恍惚狀態，下意識地攻擊阿良良木學長之後，從我被惡魔附身之後，我一直進行這種愚笨的自縛行徑。

不曉得至今究竟浪費幾捲膠帶。

不對，並非浪費。

因為我每天早上醒來，看到以繃帶層層包裹，又以膠帶層層包裹的手臂，我就會鬆一口氣。太好了，看來我今晚也沒對任何人施暴。

所以，並非浪費。

「哈哈……駿河，得知自己的潛意識破壞衝動之後很辛苦吧？無知明明不是罪，是一種救贖；明明人們大多不曉得人類本性和猿猴之類的野獸相同就過完一生，妳這樣真的是受苦受難。不對，應該說備受折磨？但我可不是為此而將『猴掌』留給妳。所以是為了什麼？別問我這種問題，提問是失敗者在做的事。」

感覺某處傳來這樣的聲音。

但我當成沒聽到，開始整理服裝儀容。

這個季節，要裸睡還太冷了。

我微微顫抖。這股顫抖和熟睡流汗無關。

總之，我早上第一件事，就是換掉被膠帶黏膠弄得黏糊糊的繃帶。不是裸圍裙，而是裸膠帶，我覺得還算是風格獨具。

只有我這麼認為吧？

# 003

「早安。」

來到起居室一看，早餐已經備好。

我完全不擅長做家事，包括下廚或打掃都是毀滅性的等級，但家裡一塵不染。簡單來說，這是因為我的監護人——爺爺與奶奶個性非常一絲不苟，而且過於照顧我。

基於各種意義、所有意義，我沒有一對好父母，但我有一對非常好的爺爺奶奶。

不過，只有早餐擺在桌上，奶奶去洗衣服，爺爺則是去照顧庭院。世間似乎認為全家一起吃早餐才是理想的家庭，但在我家，大家的時間總是無法配合。

不是因為老人家很早起床。

早起床的反倒是我。因為我每天早上吃早餐之前，習慣進行兩趟十公里的晨跑。

今天也是，我從剛才就去跑了一趟。更正，跑了兩趟。

在我維持良好的節奏與心情跑步時，爺爺奶奶已經吃完早餐。我每天早上都努力跑快一點，想和爺爺奶奶一起吃早餐，但時速必須提升到兩倍才辦得到。

嗯，我終究辦不到這種事。

「總之，宣稱沒一起吃飯就不算一家人，這種說法也太粗暴了。妳想想，像是那個叫做羽川的女孩家，即使家人一起吃早餐，也完全不算是一起吃早餐吧？與其說是聚集在一起，更像是攪和在一起。對了，像我大致上也都和妳一起吃飯，但妳把我當成一家人嗎？我雖然是母親，但我問妳，我真的是妳的家人嗎？」

我聆聽腦袋一角的這個聲音，吃完早餐。充分補充晨跑消耗的熱量之後，感謝有這頓飯能吃。

話說回來，今天的幻聽真嚴重。

或許是某種麻煩事的徵兆。

也可能是某種麻煩事還沒了結。

……應該單純只是因為今天將展開新生活，我的心理稍微失衡吧。

真的。

我一個人做不了什麼事。

我一個人完全做不了什麼事。

我思考著這種事，拿起爺爺奶奶已經看過，留下摺痕又有些膨脹的本日報紙，在餐桌上攤開。

然後我瞪大眼睛，仔細檢視每一則報導，瀏覽搜尋昨天世界各地發生的事。由於是在地報紙，所以會詳細刊登這座城鎮與附近的大小事，這種報導最需要注意。

凶殺案件、傷害案件。

發生的時間、發生的地點。

我逐一確認這些事。

然後我在心中，以自己昨天一整天的行程表，對照這些案件的發生時間，回憶自己是否具有不在場證明。

「……呼。」

我看完報紙，鬆了口氣。

沒事。

看來，我昨天也沒犯罪。

# 004

我回到自己臥室，發現指甲變長。是沒察覺就不會在意，一旦察覺就非常在意的長度。

「指甲剪……」

我輕聲說著，環視室內。

應該在某處。這個房間的某處肯定有指甲剪，而且不只一個，有兩三個。

駿河，指甲剪用完要放回原位——奶奶經常這麼說，應該說經常這麼罵我，所以室內肯定有指甲剪，但是得進行相當認真的挖掘工程才找得到。我的房間「有點」凌亂，很難找到想找的東西。阿良良木學長曾經以「地盤下陷」形容我的凌亂房間，這種說法相當貼切。他遣辭用句的品味值得效法。

唔～……

我要是現在開始找指甲剪，上學肯定會遲到。

順帶一提，在我房間找東西的行為，阿良良木學長形容為「尋寶」，這種說法也很貼切。要在這座「崩塌的山」尋找指甲剪大小的東西，確實不太可能。

如同大海撈針。

要是告訴奶奶，應該借得到另一把指甲剪，但她肯定會賞我一番抱怨，我想到這裡就想打退堂鼓……

我不要被罵。

唉，搞不懂指甲為什麼要變長。

「覺得長指甲很噁心的人，不適合活下去。因為這種傢伙討厭成長。」

在我小的時候，母親一邊幫我剪腳趾甲，一邊這麼說。比起對我說，真要說的話更像是自言自語，但現在回想起來，她果然是在對我說吧。

即使她說話時沒看我，她的心也不一定沒放在我這裡。

反之亦然。看著我的人，不一定真的看著我。

應該抱持著被抱怨的決心前往奶奶房間，還是在上學途中到便利商店買把新的？我認定只能二選一的時候，第三個選項忽然出現在我面前。

與其說忽然，正確來說是我把昨天送洗回來掛在牆上的制服從衣架取下時，發現送洗標籤還在上面，拿剪刀剪掉標籤時，第三個選項出現在我面前。

嗯……

只要勉強一點，指甲並不是不能用剪刀剪吧？

我察覺這件事。

這是漂亮的思緒轉換。人類就是從這種小小的靈感，成功進化到新境界吧。對，就像是牛奶瓶的紙質封口蓋那樣。

不過在這個時代，牛奶瓶應該不再使用這種蓋子了。
總之我就像這樣，意外地擅長用某種東西代替某種東西。
我不曉得這應該叫做善於運用，還是思緒靈活。
以前發生過這種事。
當時購買了某個小家電，不過為了方便搬運，外盒捆上兩圈封箱繩。
商品送達時，家裡沒剪刀。
沒剪刀很難剪斷封箱繩。
在這個時候，神原駿河靈機一動想到的做法是什麼？
「用手錶切吧。」
就是這個做法。
手錶金屬扣環的側邊還算利，只要運用槓桿原理，封箱繩算不了什麼。我當時做出如此英明的決定。
不對，既然是利用鋒利的側邊，或許不能形容為英明，應該形容為鋒明。
問我結果如何？
嗯。
總之，嶄新的構想經常得不到理想的成果，封箱繩沒斷，反倒是錶帶扣環壞了。
封箱繩出乎意料地厲害。

我因而得知封箱繩將箱子封得多好。等等，這種說法不高明！（自我吐槽）

咦？

我明明在說自己擅長轉換思緒……卻不小心聊到失敗案例。

等我一下，我換個例子……

唔～……

看來最好別用剪刀代替指甲剪……？

不過今天是新學期的開始，我還是想以煥然一新的心情清爽上學，所以我始終想稱讚自己發現這個方法。

這個想法，只持續到我想以綁繃帶的左手剪右手指甲為止。

我是左撇子，使用的是左撇子用的剪刀，所以反過來以右手很難使用。

因此，我無法剪左手的指甲。

也就是拿下繃帶之後，猿猴模樣的左手指甲。

「……失算。」

完全稱不上是思緒轉換。

與其說擅長，更像是特異（這種說法不高明）。（註1）

算了。反正左手得包繃帶。

註1　日文「擅長」與「特異」音同。

即使只剪一隻手的指甲，雖然無法達到一半的滿足度，心情也確實會清爽得多。我順便拿出埋在附近的鏡子，剪掉我即使跑二十公里、淋浴又吹乾之後依然故我的頑固翹頭髮。

一刀剪掉。

感覺頭髮完全留長了。

我想過別這樣慢慢修，乾脆痛快地一次剪短，但我無法下定決心。

我大概優柔寡斷吧。

這樣似乎違背大家對我的印象，不過這是真正的我。

優柔寡斷。

拖拖拉拉，不肯下定決心的優柔寡斷。

不對，既不優又不柔的我，或許不適合以這句成語形容。既然這樣，我應該形容為貪得無厭。

我是貪婪大王。

想得到一切，卻失去一切。

我是最愛戰場原學姊的貪婪大王。

剛開始得到一切，最後一無所有。

這就是我——神原駿河的人生。

實際上，指甲剪也確實不見了……哎，要是把我房間凌亂的事實，和這種命中註定般的人生觀混為一談，戰場原學姊或阿良良木學長或許會罵我。

我討厭被罵。真的討厭。

想到這裡，我察覺一件事。

那些親愛的學長姊們，再也無法罵我了。因為他們不在了。

如今，他們不在了。

雖然至今依然覺得就在身邊，卻只是我的錯覺。

我對自己這份眷戀失笑，換好制服之後前往學校。

前往沒有阿良良木曆與戰場原黑儀的私立直江津高中。

# 005

我剛才的說法，聽起來像是那兩位已經過世，但完全不是那樣，我只是在說他們正常地從高中畢業而已。

他們畢業，我升上高三。如此而已。

只是這樣而已。

阿良良木學長從成績層面來看很可能留級，最後是得到老師們恩赦，在出席天數這部分稍微放水。

嚴格來說，我覺得這是違反公平程序的違法行為，不過即使是那位光明正大的羽川學姊，看到他在教職員室跪地磕頭的模樣，似乎也終究沒多說什麼。

不只是火炎姊妹，學長家三兄妹真的都很喜歡跪地磕頭。阿良良木學長美麗的磕頭姿勢，據說令老師們倒抽一口氣，不過這是聽羽川學姊說的，所以真相不明。

我並不是沒發現自己講話很誇張，但羽川學姊有時候也會將阿良良木學長的言行渲染得相當帥氣，所以學姊的話只能聽一半，否則會被騙。

老實說，羽川學姊應該不想被我這麼說……至於羽川學姊及戰場原學姊，當然是毫無問題就畢業（上個月才為她們舉辦一場小小的歡送會），所以我如今算是獨自留在私立直江津高中。

不，我有許多同輩或晚輩朋友，不過經由「怪異」而加深交情（基於某種意義堪稱「共犯」）的三位好友一下子全部離開，令我感到一種不同於悲傷的困惑心情。

若以一個詞來形容，或許是掃興，或是乾脆。

「就是這麼一回事吧」的心情，比我想像的還強烈。並不突然、也不震撼，令我覺得「如此而已」的離別。左手是我非得繼續隱藏的祕密，不過事實上，祕密這種東西只由一個人背負過於沉重。

阿良良木學長、戰場原學姊以及羽川學姊，他們知道我左手的狀況、知道我做過什麼事，而且依然願意陪在我身旁，光是如此就令我心安。

不過就算這麼說，即使我嘴裡這麼說……

「駿河，有成長就有變化，『不變的日常』不存在。如果真的存在，那種東西不是日常，是地獄。」

這也是那個人說過的話。

這種話再怎麼樣，也不應該說給接下來非得成長茁壯的孩子聽，不過那個人不當我是孩子，所以無可奈何。

這麼說來，充滿回憶的補習班廢墟燒毀好久了。不知何時，比起還是廢墟時的景色，我更熟悉廢墟燒毀後的景色。

回想起來的，是燒成焦土的景色。

這應該也是一種變化，以及一種日常吧。

無論如何，在今天，在四月九日的今天，我——神原駿河，升上三年級。

和國中時一樣，成為孤單一人。

不過，當時的我抱持著「追隨先畢業的戰場原學姊報考直江津高中」這個明確的目標，現在的我卻沒有這種目標。

沒有目標、沒有目的。

所以，我沒在遙遠的未來注視戰場原學姊，而是孤單一人就讀高中。

「啊，駿河學姊，哈囉您好。」

……我不禁沉浸於自我陶醉的感慨，跑在通往學校的路上時，一輛腳踏車跟在我身旁。

對喔。

雖然剛才說我是孤單一人，不過這麼說來，還有這孩子。

不知為何，我完全漏掉這個人。

忘得乾乾淨淨。

不知為何。

「扇學弟，早安。」

我沒放慢跑步速度，和身旁的一年級……不對，從今天起是二年級，總之和這名騎腳踏車上學的少年道早安。

他終究是騎腳踏車，所以能輕鬆和我並肩前進。不過要是我全速奔跑，我有自信能將菜籃腳踏車拋在身後。

總之，我已經三年級，年紀到了最高年級，終究該穩重一點，所以我不會在上學時全速奔跑。

而且我原本就不想冷漠對待這個親切的學弟。

「駿河學姊好快。」

「倒也不會，大概會勉強在預備鈴響時趕到。」

「不不不，我是說您腳程好快。」

「啊啊。」

我點頭回應，看向身旁的少年。

他是在去年後半……我忘記正確時間是幾月，轉學來到直江津高中的學生，姓名是忍野扇。

忍野。

他似乎是那位忍野先生的親人，實際上不得而知。阿良良木學長是那種個性，所以將這個傳聞照單全收，但羽川學姊反而明顯質疑。

難得看他們兩人的見解差異這麼大。不過，扇學弟該怎麼說，存在感似乎不太穩定，想到這裡，就覺得他們意見相左並非沒道理。

……扇學弟？

學弟？

「咦？扇……學弟，記得你不是女學生嗎？」

「嗯？駿河學姊，您在說什麼？我從以前就是男生，從呱呱墜地長大至今一直是男生，連一瞬間都沒變過。」

「是這樣……嗎？」

「是的。也不是現在世間正盛行的偽娘。」

「慢著，沒你說的那麼流行吧？」

我覺得始終只是小眾風潮。

不過，人類生性容易只把自己所知的範圍當成全世界。即使網路之類的工具看似讓世界變遼闊，但世界只是變得更深，並沒有變得更廣，忘記這一點將會嘗到苦頭。

……我嘗過苦頭。

應該說，我曾經令人不忍正視。

我將會像這樣老是反省，並且一直活下去。我想到這裡終究厭煩起來。

該怎麼說呢……

「嗯……不過，扇學弟確實是男生。抱歉抱歉，我有點誤會。」

「啊哈哈，偶爾誤會也無妨吧？若連一次過錯都無法容忍，人生也太無聊了。」

「過錯嗎……」

過錯。

我大幅揮動手臂，以大步伐的跑法奔跑，看著左手臂前後晃動的繃帶，不由自主地重複扇學弟這個詞。

「人生是連續的過錯。」

「咦，沒想到新學期第一天，駿河學姊就賜我這句不像您作風的消極箴言了。」

扇學弟在腳踏車上歪過腦袋。這樣很危險。

想到這裡，扇學弟以更快的速度踩踏板，原本以為他要超前先走，卻是甩尾般整個掉頭，從正面看著我。

看起來是擋住我的去路，但他反方向踩踏板，就這麼倒著騎腳踏車，所以沒妨礙我前進。

……等一下。

我沒騎腳踏車所以不清楚，不過腳踏車這種交通工具，肯定沒有設計成反踩踏板就能倒著騎吧？

又不是賽格威隨意車。

即使是鍾愛腳踏車的阿良良木學長（破壞他愛車的人就是我），記得也沒用過這種古怪的方式騎車……

「這樣不像是直江津高中的明星，率領弱小籃球社打進全國大賽的最大功臣神原駿河學姊。您反倒該說『人生是連續的成功』才對吧？」

「我哪說得出這麼傲慢的話。那個傢伙是誰？去叫那個人過來，我要說教。」

「居然要我去叫……那個人不是別人，就是您。」

「不對。」

「明明是事實……」

「是過去的事實，很久以前的事。」我如此回應。

去年……不對，前年的這種榮耀，應該已經沒人記得吧。身體出問題而退休的選手，註定會逐漸被世人忘記名字。

何況同學年的學生，也在前幾天正式退出社團。

世代交替，前人逐漸被遺忘。

「過去嗎……過去啊……聽您這麼說，我這種崇拜明星駿河學姊而就讀直江津高中的學生會很失望。」

「騙人，原來你面不改色就說得出這種驚人謊言。你不是回家社嗎？」

「是的，但我是回家社的王牌。」

「你憑什麼成為王牌？」

「我三天就早退一次。」

「確實是王牌。」

和這傢伙聊天很累。該說步調會被打亂嗎……

想到這裡，我回想起這正是阿良良木學長經常對我說的評語。

若是如此，我至今添了他不少麻煩。我事到如今才在反省。站在相同立場之後，我首度體會學長的想法。

晚點寫封手機郵件道歉吧。

我很早就學會如何寫手機郵件。

我也是會學習的人。

要是因為我是笨蛋，就覺得我不會學習，各位就大錯特錯。

話雖這麼說，我認為扇學弟和我類型迥異。

到頭來，這名少年和我學年不同，又沒加入運動社團，我為什麼變得像這樣和他熟識交談，我已經不記得了。這孩子不知不覺，就理所當然般位於我身旁。

回過神來就發現，他在我心中的立場，和阿良良木學長、戰場原學姊與羽川學姊他們差不多，而且極為自然。

正因如此，我感到不自然。

……不過也對，因為阿良良木學長、戰場原學姊與羽川學姊離開，才會只剩下我與這個孩子。

這樣有點難受。或許比我獨自一人還難受。

「嗯？駿河學姊，怎麼了？」

「不，沒事……」

我終究很難當著他的面，說出「和你共度校園生活很難受」這種話。

「這麼說來，過錯這個詞，和『過去』同樣有『過』這個字。換句話說，過去必須是一種過錯嗎？」

「…………」

我很想告訴他，「必須」這兩個字不是這麼用的，但我打消念頭。我不願意被當成愛挑晚輩語病而沾沾自喜的前輩。

不過，他詢問字詞意義的對話就已經誤用字詞，算是頗為強烈的自我矛盾。

「仔細想想，未來這個詞，也和否定句的『尚未』同樣有『未』這個字，難道人生無論是過去或未來，都只有消極可言嗎？」

扇學弟這麼說，並繼續反向踩踏板，持續倒著騎車。腳踏車不像機車有後照鏡，所以果然很危險。光看就令人提心吊膽。

雖然應該不可能，但我擔心要是我一直跑，他就會一直像這樣反向騎車，所以我緩緩停下腳步。

「唔喔，駿河學姊，怎麼了？跑太久肚子痛？」

正如我的計畫，扇學弟也煞車了。不是使用把手的煞車，是以鞋底摩擦地面。

他的每個行動都好危險，令人捏把冷汗。

「我的內臟沒脆弱到跑個區區幾公里就受創。」

我否定扇學弟的詢問，就這麼大步走起路。即使依然搞不懂那輛腳踏車的運作機制，但似乎無法慢速倒著騎，因此他一副不甘願的樣子倒轉車頭，以正常的騎車方式繼續陪我前進。

這孩子看似彆扭，其實很率直。

看似扭曲，其實是直線。

從我國中與高中時代帶領運動社團的經驗評定，他在現今時代的後輩之中，算是意外地易於駕馭的一類。

「從走路速度來計算，不會遲到嗎？」

「我會在最後的斜坡衝刺，所以不要緊。」

「唔啊，請饒了我吧，這樣只有我會遲到。我很不擅長騎上坡。」

「那你可以先走。」

「您真是的，只不過是遲到，我為什麼非得放棄和全校學生崇拜的駿河學姊一起上學的榮譽？」

「我可不記得被你討好過……我不是什麼明星。」

「確實是明星。不對，或許形容成大師比較正確。」

「居然說大師……即使真是如此，也是往事。」

「您說得沒錯，您的領袖魅力或許沒有全盛時期那麼強……即使如此，至今依然有部分狂熱粉絲繼續聲援駿河學姊。」

「如果是真的，我很感激……但我現在沒打籃球，究竟要聲援我什麼？」

到頭來，「狂熱」這個詞很恐怖。
我回想起自己害怕的那時候。
熱中到發狂的那時候。
「明星光是活著就是明星，重點在於您存在於那裡，並且閃閃發亮。」
「就說我不再閃亮了，是黯淡。」
「這樣講真是兜圈子……即使駿河學姊現在確實沒有全國性的知名度，也完全是在地藝人喔。」
「我不記得自己曾經致力於在地打拚……扇學弟，你有事情找我吧？不然你不可能主動向我搭話。」
「哎呀……」
扇學弟眨了眨眼睛。
這孩子果然有點作戲過度的傾向，以裝模作樣的態度活在世間。
簡單來說，像在刻意飾演某種「角色」，令我忐忑不安。
感覺像是被迫逐漸目睹自己討厭的一面。
逐漸，卻清楚目睹。
「駿河學姊，您這番話好冰冷，我還以為凍傷了。我沒理由就不能找您說話？」
「唔～真要說的話，我比較不希望你是基於某種理由而找我說話。」

「哈哈哈，這番話很暖和。」

扇學弟笑著進入正題。

先是賣好大一個關子，接著突然以快到異常的速度切入正題，這是扇學弟獨特的對話技術，而且確實令人聯想到穿夏威夷衫的那個人。

「駿河學姊，您知道『惡魔大人』的傳聞嗎？」

惡魔大人？

# 006

我不想在新學期第一天就遲到（我不擔心出席天數的問題，但我這個人沒有無情到看見阿良良木學長最後那種形容為淒慘還不夠的悲哀慘狀還無動於衷），所以無論扇學弟怎麼說，我還是在最後的上坡全力衝刺，隨著預備鈴聲穿越校門。

扇學弟似乎真的不擅長爬坡，就這樣被我扔在身後。總之先不提是否擅長，菜籃腳踏車本來就很重，應該不適合爬坡。

原本以為那輛車如同能倒著騎一樣，也改造成便於爬坡，不過那位技師似乎沒改裝到這種程度。

我聽著身後像是快哭出來的聲音奔跑，並不是一點都不心痛，但我可沒和他約好要一起上學。

何況以他的狀況，我覺得再怎麼樣似乎都不會遲到。即使遲到，也肯定能以那種說話技巧矇騙老師。

所以我換檔了。

我的長處就是凡事切換得快。

原因果然在於我是笨蛋吧。

進入校舍前，我先到體育館檢視分班表，確認和誰同班、和誰不同班。嗯，以這種觀點來看，今年的分班大致令人滿意。

這麼說來，雖然我至今很少想這種事，不過在分班的時候，是老師們一起商量決定的嗎？比方說誰不能和誰同班，這個小團體不能放在同一班之類的。

好像歌謠《矢切渡船》的歌詞。

不過，我也覺得這種分班工作似乎很有趣。

和新班級的新朋友玩「我心目中最理想的分班」這個遊戲吧。我如此心想，前往新教室。

三年級的教室。

形容成「好巧不巧」實在是誇張又裝模作樣，感覺像是硬要炒熱連續劇的氣氛，不過這間教室是阿良良木學長、戰場原學姊、羽川學姊去年使用的教室。

並不是沒讓我有所感觸。

換言之，有所感觸。

教室很冷清，看來大家還在體育館任憑分班名單影響情緒。或許是還沒切換心情面對新班級與新同學。

學長姊用的書桌是哪一張？不過應該不可能分辨得出來吧？抱持這個想法，緩緩在教室徘徊的我，發現一張書桌釋放著強烈的個性。

具體來說，有張書桌以雕刻刀，深深刻上「阿良良木曆」這幾個字。我的天啊。

我差點無奈認為阿良良木學長是自我主張如此強烈的人沒錯，不過仔細想想，那個人到頭來不可能帶雕刻刀到學校。

換句話說，這應該是戰場原學姊的書桌。

上課時，戰場原學姊在桌面刻上愛人姓名打發時間。我輕易就想像得到這一幕，微微一笑。

微微一笑——總之，不能形容為會心一笑。

完全無法想像阿良良木學長發現這行刻字時是何種反應。我如此心想，坐在這個座位。

這是第一次來到的教室、第一次來到的班級，其實應該依照座號入座吧，不過這種事是由首先訂下的規則來決定。

在這個場合，首先坐下的我訂下的規則，是「坐自己喜歡的座位」。思念著曾經崇拜的人或戀人，坐在這個人坐過的座位，感覺會為即將展開的新生活帶來光明，卻也給我某種依依不捨的感受。

「駿河早安～我們升上三年級終於同班了！」

我沉浸在這股無法言喻的感慨時，不知何時進入教室的日傘，坐在我前面。

日傘是我在籃球社的同屆社員。

她去年是副隊長，在我退休之後繼任為隊長。其實她始終堅稱只是代理隊長，但我到最後依然沒復出，她就這樣在不久之前退休。

所有人公認她是運動型女孩，但後來和周圍眾人一樣，光榮成為升學學校考生的一員。

我？我當然也是考生。

要不是左手的問題，我並不是無法以籃球社時期的成績保送就讀體育大學，但我對外宣布左手報廢，即使學校邀請入學也不得不拒絕。雖然是自作自受，但我想到接下來的求學生活就憂鬱。

我不擅長用功。我是笨蛋。

何況我進入這所升學學校的最強動機，是為了追隨戰場原學姊。

「嗯，說得也是。」

我回應日傘那番話。

我和日傘是籃球社同屆社員，精神層面的羈絆很強，但我們這次是首度同班。

兩人在退出籃球社之後才終於同班，這種遲來的緣分令我覺得諷刺。

不對，沒什麼好諷刺吧？

很常見？

到頭來，相同學年的學生們，大多未曾同班就畢業，所以應該沒必要在述說時，硬是加入帥氣的感覺。

「我從小學時代，到了重新分班的時期總是會憂鬱，不過和駿河同班令我鬆了口氣。」

「憂鬱？為什麼？」

「因為我很怕生。」

「這樣啊……」

「我最怕的就是『和喜歡的人組成兩人一隊』。」

「為什麼？可以和喜歡的人組成兩人一隊，是很開心的事吧？」

到頭來，我不太覺得運動型的日傘怕生，不過這種自我認知容易和現實不同。

我認為的我，大概也和別人認為的我不一樣。相對的，我覺得兩種都不是正確的我。

各人對於「正確」的基準不同。

去年令我得知這個道理。

「不過，我真正憂鬱的時期，是在重新分班約一個月後。」

「嗯？為什麼？」

「因為會看見以前同班的好朋友，在別班和別人成為好朋友，因而落入窘境。」

「居然說落入窘境……」

「朋友結交到新的朋友，莫名會令我抗拒。朋友的朋友是敵人～」

日傘說完垂頭喪氣。

這種內心想到也很難說出口的話語，她卻毫不在意就說出口，我認為這一點證明她果然是運動型女孩而且不怕生，但這番話應該是她毫不虛假的真心話。

一開始，我看見阿良良木學長與戰場原學姊的關係時，或許也是這種感覺。像這樣聽她用話語說明，我就很清楚這種感覺。

……總之，這是我的任性情感吧。

雖說如此，情感基本上都是任性的。

「日傘自己也會結交新朋友吧？」

「當然會。」她這麼說。「不過，在今後的人生，也會反覆進行這種換班或換座位之類的事，明明沒有決裂，卻會和各式各樣的人、和自己要好的人、喜歡的人、非常喜歡的人漸行漸遠。我想到這裡，與其說是變得憂鬱，更像是心情陷入谷底。」

「嗯，確實。」

我點頭回應日傘這番話。

這番話確實令人認同。

「人生總是不斷換班與換座位。」

我和阿良良木學長或戰場原學姊的關係，有種像是會永遠持續下去的樂趣，不過別說永遠，光是他們畢業，就無法以相同形式持續下去。

他們非得在新的地方，建立新的人際關係。相較於依然待在相同高中的我，姑且算是更確實會變成這樣。

……阿良良木學長，比任何人都不擅長這種心態的切換。

他現在依然頻繁寄手機郵件給我，而且一半以上是開黃腔。

我覺得開黃腔的原因大致在我這裡，但那個人對我有些大膽的誤解。

後來，新同學三五成群聚在一起，班導在最後姍姍來遲進入教室，滔滔不絕傳授應考心得之類的事。

就當成浪費掉一年的人生，努力用功吧。

老師大概是想博我們一笑，在說笑之間提到的這句話，當然令我回想起母親。

「駿河，一起回家吧。」

日傘和她早早結交的一群新朋友（她絕對不怕生）如此邀約，但我鄭重婉拒。

原因在於我非得前往某處，但我不能老實說出來，只好適度編個理由，說我非得買一本參考書之後回家。

我算是頗能面不改色地說謊，不會冒出什麼罪惡感。

「什麼？駿河真是的，把老師那番話照單全收？明明適度當成耳邊風就好……」

「並不是那麼回事。不過我比別人晚一步起跑，要是沒能努力補回來，以我的成績確實考不上大學。」

「啊～畢竟駿河是笨蛋。」

居然直言不諱。而且她不知為何知道這件事。

這明明是祕密！

順帶一提，日傘在學業方面很得要領，成績還過得去。之前她說過，她的目標就是維持現狀，考上還過得去的大學。

人生得過且過。

這是她的宗旨。

看她沒把體育大學或企業球團列入生涯規劃，代表她似乎將籃球當成「高中時代的回憶」。

不對，不只是她。對於大多數的人來說，高中時代完全是製作回憶的時間。說穿了不只一年，而是整整浪費掉三年的人生。

沒以這三年製作回憶，而是用來尋找自我的人，屬於極少數派。我原本也自認是少數派的一員，不過看來並非如此，甚至沒製作什麼美好回憶，就要結束這三年。

哎，說真的。我至今這兩年做了什麼？

剩下的這一年，我將會怎麼過？

「那麼，明天見囉。」

「嗯……啊，對了，日傘。」

我開口詢問。

為了以防萬一，儘可能裝作隨口提及。

「妳知道『惡魔大人』嗎？」

「啊？」

我看到她的反應，認為她果然不曉得，也覺得自己問了無謂的問題。不過……

「為什麼駿河這麼樂觀的女生知道這個傳聞？」

她接著說出這句話。

# 007

「惡魔大人」聽起來怪怪的。

為什麼要以「大人」這種敬稱，稱呼應當受到詛咒的惡魔？雖說如此，惡魔單純是和「神」對立的存在，既然這樣，如同我們會將神稱為神明大人，將惡魔稱為惡魔大人，或許也還算合理。

而且惡魔的立場與地位確實高於人類，若有人主張直呼為惡魔很沒禮貌，也是一點都沒錯。

總之，我聽過各種說法之後，覺得對惡魔加上「大人」並不是基於敬意，純粹只是詼諧之類的因素。

這很常見。

但我知道，這種平凡無奇的「玩笑」，容易招致慘痛的結果。

這似乎是直江津高中學生在玩的一種咒術。由於發生過千石小妹那件事，我對咒術這種字眼很敏感，但以扇學弟的說法，我或許有點反應過度。

傳聞本身沒什麼罪過。

據說只要找「惡魔大人」商量困擾或煩惱，就絕對會幫忙解決。加上「絕對」這兩個字，聽起來反而太過虛假。

但無論聽起來多麼虛假，例如像貝木泥舟的詐騙行徑那麼假，我聽到「惡魔」以及「會幫忙解決煩惱」這種字眼，即使除去千石小妹的事件，我也不得不受到震撼。

**因為這麼一來，這個「惡魔大人」，或許是我**。

「即使是『絕對』，當然還有幾個附加條件就是了。聽說要是諮詢內容太嚴重，『惡魔大人』就不會受理。」

扇學弟如此說明，語氣和往常一樣悠哉，對，感覺像是在閒扯無關緊要的事。

不過實際上，這種對話確實只是悠哉的閒扯。

對他來說是如此。

即使扇學弟知道我左手的事，知道我做過的事也一樣。

對他來說，沒有任何事情不是胡說八道。凡事在他面前都是閒扯。

「過不過分的基準，似乎是『拜託警察幫忙是否比較好』。」

這是怎樣？

莫名地具體，應該說莫名地真實。

至少不是惡魔幫人類「實現願望」時提出的條件。例如我，即使是自作自受，但我的一部分身體與靈魂已被奪走。

「那當然。因為這裡提到的『惡魔大人』，似乎是具體又真實的人類。」

「人類……？」

「聽說是高中生左右的女生。」

「……？換句話說，某處的女高中生假扮『惡魔』，為直江津高中的學生提供諮詢服務？」

女高中生。

這樣的話，就更像是我了。

「確實可以這麼說吧……不過，是不是『假扮』就很難說。說不定是真的。」

扇學弟語帶玄機這麼說。

「……？她是具體又真實的人類吧？」

「沒人規定具體又真實的人類不是惡魔吧？因為她『絕對』能解決煩惱。我不認為她只是一個親切的人。」

「…………」

可以的話，我很想繼續向扇學弟打聽細節，但我就是不想對他露出「這個話題引我上鉤」的感覺，所以我輕哼一聲，假裝不感興趣地當成耳邊風。

如果這是基於學姊的愛面子心態，我也太小家子氣了，但扇學弟似乎洋溢著一股不便深入打聽的氣息，令人覺得繼續問下去很不識趣。

想到阿良良木學長應該會無視於這股氣息盡情問下去，就覺得自己果然無法和那位學長一樣，心情因而消沉。

雖然這麼說，無論日傘是否知道，我都打算自己展開行動。不過既然她知道這件事，代表扇學弟並非只是亂講話捉弄我（我這麼說有可能被批判為不相信他人，但他真的有亂講話的前科）。

但依照日傘的說法，這個傳聞不像扇學弟說得那麼正面，甚至令我覺得是一種負面傳聞。

聽她的語氣，積極的人不可能知道這個傳聞。也就是說，只有消極的人知道這個傳聞。

對，就像昔日那個消極的我。

……不過，人不可能只有積極的一面，也不可能只有消極的一面。任何人活在世間，都是有時候看著前方、有時候轉身看後方，當然也會確認上下左右。

沒錯，「自我」或「個性」只是幻想。

要是沒理解這個道理，將會因而嘗到相應的苦頭。就像我曾經將單方面的幻想、理想強加在戰場原學姊身上，最後惱羞成怒而自討苦吃。

而且重點在於當時也和「惡魔」有關。不過那是一個愛哭惡魔、低階惡魔，即使不是百分百，也不像是足以加上「大人」這個稱呼的偉大怪異。

日傘明顯不太想聊這個話題。她和扇學弟不一樣，是我推心置腹的好友，並不是不能找她深入追問，但終究得看時機與場合。要她在新班級的新朋友面前，說出她所知道關於惡魔的所有情報也很殘酷，所以我回應「沒有啦，只是阿良良木學長剛才寄的電子郵件提到這件事」適度敷衍。

「阿良良木學長？」「咦，神原剛才提到阿良良木學長？」「阿良良木學長是那個阿良良木學長？」「傳說中的那位？」「傳說中的阿良良木先生？」「傳說中的阿良良木先生寄傳說中的電子郵件？」「咦，怎麼回事，神原和那位阿良良木學長是網路筆友？」「真的？」「那個人現在在做什麼？」

連遠處的另一個女生小團體，都聚集過來造成大騷動。不只適度，甚至變成盛大地敷衍了……

唔～……

阿良良木學長的大名，到哪裡都管用。

那個人才叫做明星，而且是超級巨星。

就像這樣，我決定改天再偵訊日傘，以今天放學後的時間調查「惡魔大人」。

或許我從新學期第一天就是不及格的考生，但後輩是看著前輩的背影成長。

即使無法完全效法。

# 008

「我也知道『惡魔大人』的傳聞喔，耶～！我覺得月火差不多要出動了，正暗自發動引擎處於怠速待命狀況。燃燒的正義一點都不環保！」

這是手機對話。

火憐開朗地這麼說。應該說我完全沒看過她不開朗的樣子。

不過，原來如此。果然不是只限於直江津高中學生之間的傳聞。

「所以駿河姊姊，您說『惡魔大人』怎麼了？」

「不，沒事……火憐妹妹，我想問一下，妳知道怎樣能見到『惡魔大人』嗎？」

「這個嘛……」

像這樣直截了當詢問，對方或許會有所提防而完全不肯透露，但她像是一個完全不曉得懷疑為何物的純真孩子，會講出她所知道的一切。

不只是口風不緊的等級。

我想得到必要的情報，卻得到必要以上的情報，所以我講這種話也不太對。不過絕對不能把祕密告訴這孩子，嗯。我現在這個想法就得保密。

「講完了。所以是怎麼回事？啊，難道駿河姊姊有事找『惡魔大人』商量？」

「不不不，怎麼可能。」

我如此回答，但我曾經請「惡魔」實現願望，這個回應有點不誠實。

不對，不是「有點」。是一點都不誠實。

我這麼做，像是在利用尊敬我的晚輩女孩，罪惡感如同渣滓沉積在內心。

「這樣啊，那就好。」

……她輕易就相信我。

彷彿放棄質疑的這種態度，出乎意料減輕我的罪惡感，令我覺得這孩子的直爽個性，應該是她國中時代就在鎮上馳名、廣受歡迎的原因之一。

阿良良木家的基因真優秀。

「嗯，謝謝。那麼火憐妹妹，火炎姊妹打算什麼時候出動？」

「啊？不不不，駿河姊姊，火炎姊妹不再出動囉。」

我覺得要是在現場撞見會很糟糕，應該說會很尷尬，所以詢問火憐這個問題，她卻如此否定。

「因為，火炎姊妹前幾天解散了。」

「……啊，對喔。」

確實如此。

到頭來，阿良良木火憐、阿良良木月火姊妹組成的火炎姊妹，正式名稱是「栂之木二中的火炎姊妹」，本年度升學之後，姊姊火憐從私立栂之木第二中學直升私立栂之木高中，因此這個稱號蘊涵的前提不復存在。

記得上個月底，舉辦過一場盛大的解散會……我回想起阿良良木學長四處奔走收拾殘局的樣子。

學長抱怨直到最後的最後還為他添麻煩，看起來卻也彷彿因為是最後的最後而落寞。或許是我自以為是的感傷吧。

「嗯，所以現在的栂之木二中，是月火獨自以『月之烈火』的名義活動。」

「月之烈火……」

聽起來莫名老土。就像是不成材戰隊。

如果我貿然批評這是不成材的戰隊，這個戰隊卻真實存在，那就麻煩了，所以我沒說出口。

「並不是哪方面有變化，而且也和以前一樣是兩人共同行動，但我們依然不再是火炎姊妹了。我想到這裡，即使在現在的待命時間怠速空轉，也會忽然就回過神來，回神之後不由自主地嚇一跳。」

火憐這麼說。

以一如往常毫不在乎的語氣，說出令人深思的話語。

「這就是年紀大了嗎？」

「我覺得這就是人生。」

我回憶著和日傘的對話，努力說出具備前輩風範的感想。

人生當中，換班與換座位就是一切。

除此之外，就是畢業。

「嗯，說得也是。人類沒辦法永遠不變。像我昨天量身高也發現，我不知何時又長高了。」

「…………」

火憐，妳又長高了？

現階段看起來也已經超過一七五公分……

站在籃球的觀點，好羨慕。

「總之等月火妹妹升上高中，就能成為『栂之木高中的火炎姊妹』吧？」

我嘴裡這麼說，心裡明白這只是一時的安慰。

事實上，我就讀清風國中時，和戰場原學姊一起被稱為「聖殿組合」，不過我後來進入直江津高中，再度和戰場原學姊來往時，只剩阿良良木學長這樣稱呼我們。

總之，就是這樣。

人際關係的每個時期，大概都有相應的稱呼，這些稱呼即使看似一直相連，肯定也不會延續吧。

看似水流，其實是細小水滴的聚合體，各自始終獨立。同樣的道理，人與人之間的關係，或許也不能硬是以相同的話語封鎖。

「總之，雖然有點離題……」火憐繼續說下去。「但這次和去年暑假那時候不一樣。似乎沒人真的因為這個傳聞受害，所以月火無論如何都無法出動。」

「這樣啊……」

「只不過，居然自稱惡魔提供諮詢服務，從這種構想就可以確定這個傢伙不是什麼好東西。」

「……那個『惡魔大人』，有沒有可能是真正的惡魔？」

「啊？咦？啊哈哈！」

我這番話好像出乎火憐的意料，她先是愣住發出聲音，接著放聲大笑。

「真是的，駿河姊姊，您說這什麼話，這個世界不可能有惡魔吧？我已經是高中生了，不會相信妖魔鬼怪啦！」

「…………」

嗯，或許吧。

既然是火憐，她這一生肯定和怪異無緣吧……相對的，我也知道依照現實狀況，沒人能保證這種事。

日傘也說過，我和「惡魔大人」扯上關係很奇怪。

任何人肯定都會這麼說吧。即使是知道我左手祕密的阿良良木學長也一樣。

阿良良木學長與戰場原學姊，都認為我去年是「一時鬼迷心竅」向惡魔許願——他們都如此認定。

然而，不是那樣。

當時的我，確實毫不猶豫地向惡魔許願。

依賴、奉承、服從……甚至侍奉。

「這個世界不可能有妖魔鬼怪喔，如果真的有，就是我哥哥吧。駿河姊姊，拜託聽我說，我哥超扯的，上次他說『好閒喔，所以來玩吧～』半裸進我房間，然後忽然用指甲剪朝我的肌膚……」

「……這種事可以說給我聽嗎？」

不是兄妹之間的祕密嗎？

就算要我聽她說……

半裸？

指甲剪？

搞不懂這些詞為什麼會連在一起，連我也有點不敢領教。

指甲剪……

我剛才只是想到以剪刀代替指甲剪的點子就得意忘形，但聽到她這番話就覺得是小巫見大巫。

「不過真的很神奇。曾經毫不諱言妹妹超煩，宣稱不參加妹妹葬禮的那個哥哥，居然在我國中畢業之後，莫名地經常陪我玩。這也是因為年紀大了嗎？」

「…………」

我由衷希望不是因為火憐從女國中生轉變為女高中生。改天向月火打聽阿良良木學長的動向吧。雖說如此，我還沒和國三的她有太多交集。

真是的……

阿良良木學長總是提防我可能會對妹妹下手，不過他自己無論是長大還是畢業，無論改變還是沒改變，似乎永遠是阿良良木學長。我抱持和火憐相反的感想。

「算了。那麼火憐妹妹，改天再來我家玩吧，到時候再好好聊這個話題。」

「哇，駿河姊姊居然這樣邀請我，我好開心！」

「那就聊到這裡吧。妳在新環境也要多交朋友喔。」

我說出用不著叮嚀的這番話，結束通話。

如今我會寫手機郵件、會和普通人一樣使用手機。火憐是阿良良木學長的妹妹，所以剛開始和她來往時有點緊張，如今也像這樣毫不拘謹地交談了。嗯。

我今後也會像這樣，以各種不同的新刺激，逐漸改變一些理所當然的事情吧。

不變的日常不存在。日常就是像這樣打造而成。

暫且不提這件事。

模仿阿良良木學長的說法，就是言歸正傳。

依照火憐提供的情報，見「惡魔大人」的方法有三種，預先準備的這三條路線不是平行式，是階段式。也可以說是依照難易順序。

假設以電玩概念分類為簡易、普通、困難三個等級，最簡單的是「信」。

在信紙親筆寫上想商量的事情，裝入信封之後放在指定的地點。地點似乎依照狀況各有不同，有時候是公園長椅上，有時候是車站置物櫃。

這樣就好。

要是這封信不知何時消失，代表「惡魔大人」接受諮商委託。反過來說，要是信一直位於該處，就代表這項委託很遺憾地沒被受理。

我總覺得用這種方法商量煩惱很隨便，不過這是簡易模式，因此在所難免。低風險低報酬，這是經濟原則。

站在諮商者的角度，無須直接接觸「惡魔大人」，反而也樂得輕鬆吧。

那普通模式是什麼呢？是「電話」。比信件更進步、更深入的溝通手段。

在這種狀況，即使是經過電話線路，依然會直接和「惡魔大人」對話，所以心情上的難度提升。但是相對的，無須太好的文筆也能傾訴心聲。

即使說話結巴也無妨。不對，結巴反而更能傳達煩惱的迫切度。

聽說以保密號碼打過去也行，如果想傳達煩惱的嚴重性，比起簡易模式更應該選擇普通模式。至於諮商用的電話號碼，似乎也會視情形而不同，總之都是手機號碼。

對方的聲音聽不出是男是女，像是以手帕蓋住話筒般模糊不清，而且很少講話，基於這個意義，嚴格來說不叫做交談。對方只是出聲附和或偶爾出言認同，至少不像一般的諮商師會主動提問。

換句話說，就像是單方面傾訴煩惱的留言電話。

在最後，對方會回應是否受理諮商內容。委託人講很久之後卻被拒絕時的心情，我只能以想像的方式揣摩，但因為對方是斷然地、清楚地出聲拒絕，比起難以確定是否受理的簡易模式堪稱親切得多。

我聽完普通模式的方法，覺得應該正如火憐所說，是人類打著「惡魔」的幌子幹的好事。

使用的是電話，而且是手機。該怎麼說，這個工具淺顯易懂又真實，令我覺得和怪異無關。

沒人規定人類不會是惡魔。

雖說如此，既然我無法清楚確定這一點，我事到如今也不能打退堂鼓。

至於最後的困難模式，各位聽到現在應該也預料得到，就是直接和「惡魔大人」見面。想接觸「惡魔大人」的我，當然採用最後這個選項。

「那麼，今天去哪裡見得到那個『惡魔大人』？」

「這個嘛……其實能不能見面，經常得碰運氣。要是見不到面，就代表在這個時間點已經『不予受理』。」火憐預先聲明之後，告訴我地點。「現在的話……」

不過，當我得知地點，我就堪稱失去所有選項，只能說我喪失選擇權。不曉得是否可以形容為巧合。

對方現在所在的地點，是補習班廢墟……的遺址。

是充滿回憶的那片焦土。

# 009

妖魔鬼怪的權威——忍野咩咩曾經當成根據地的補習班廢墟，之所以成為我充滿回憶的地方，其實並不是因為我曾經在其中一間教室，和阿良良木學長認真交戰；也不是後來好幾次和怪異有所牽扯，而在其中一間教室過夜；更不是因為我近距離目睹這座建築物焚毀崩塌。

不對，當然也包含這些要素，甚至就是因為這些要素而充滿回憶，我就算這麼說也不算謊言，但是對我來說，還有另一個更為基本的原因。

我沒告訴阿良良木學長就是了。

應該說，我從未說過。現在也沒有透露。

當時——在那間補習班成為廢墟之前，在補習班維持補習班的功能運作時，我在那裡補習過。

具體時間，是國二到國三的這段時期。我知道戰場原學姊進入直江津高中之後，覺得自己當時的成績很難升上那間高中，因此懇求爺爺奶奶讓我補習，當時我補習的地方無須隱瞞，就是這間叡考塾。

不過，叡考塾在我補習的這段時間，就因為經營困難而倒閉。當時不少國中、國小的學生在這裡補習，表面上完全看不出來會倒閉，不過我後來聽說，他們為了對抗站前大型補習班而雇用的講師薪水過高，無法平衡收支。協助我的成績突飛猛進到能夠進入直江津高中的恩師們，卻壓迫到補習班的經營導致倒閉，我很難在內心找到折衷點接受這個事實。

無論如何，忍野先生、阿良良木學長或小忍拿來睡覺的那張書桌，說不定就是我國中時代補習用的書桌。

這種事並不會改變什麼。

這只是回憶，我不會因而傷感。之所以沒告訴阿良良木學長他們，單純只是沒契機開口，而且當時無暇講這種事。

焚毀崩塌之後依然勉強殘留的補習班痕跡，完全從這個世界消失時，我也沒有悲哀或感傷的心情。

該怎麼說……哎，我這樣講明似乎很冷漠，但我升上高中時，這件事在我心中就已經「切離」成為回憶封存。

何況補習的那段時間，我拚命調整練籃球與用功的行程表，因此討厭起補習班。補習是我當時主動提出的要求，所以在這方面，我真的對幫忙出補習費的爺爺奶奶感到過意不去。

因此，補習班實際陷入經營困難的局面而倒閉時，不用說，我當然煩惱過，認為都是我如此期望而導致的。

……就是這樣才說不出口吧。

總之，這或許是我現在回想才冒出的想法，無論如何，基於這些意義，我和那個地方的緣分，再怎麼說都勝於將那裡當成根據地的忍野先生，或是將那裡當成過夜居所的阿良良木學長。

如今我又要前往那個地方。前往焚毀崩塌之後、對任何人來說都已經劃下句點的那個地方。

「妳幻想自己所走的路會通往將來的夢想，那是妳的自由。不過現實大多不是如此，這條路單純是通往過去的筆直道路，人們只不過是在走回頭路。而且這條路是嚴格的單行道，貿然回頭可能被奪走靈魂。」

我的母親如是說，但是走在這條路上，不可能從來都不回頭吧。

就這樣，我和火憐講完電話之後，就這麼像是瑪利歐兄弟，以B鈕衝刺前往原補習班遺址（這是什麼？）的焦土。

然後，我在那裡，和「惡魔大人」相見。

雖說是焦土，不過那座建築物焚毀至今約半年，自治單位終究沒有棄置不理，已經以工程重機清理乾淨，形容成寸草不生的空地比較正確。

這塊空地的中央，有一名拄著拐杖的女生。

和我年紀相近的女生。看似高中生的女生。

既然這樣，代表扇學弟說得沒錯。這是理所當然的事，卻果然令我不太高興。

她身穿運動服。說到運動服，我就聯想到整年都穿運動服過生活的火憐（不久之前才和她聊過也是原因之一），不過火憐的運動服造型充滿健康氣息，這個女生的運動服造型，則是給人「邋遢」的感覺。

鬆垮垮的運動服。尺寸大得像是睡衣，很邋遢。

看起來未經梳理的蓬亂褐髮，使這種印象更加強烈。話說我第一次親眼看到褐髮這種髮色。

在這個時代，褐髮或許沒那麼稀奇，但這裡畢竟是鄉下小鎮，頂多只會看見游泳社社員在泳池氯水游太久而褪色的髮色（此外就是小忍的金髮），因此這種髮色自然令我退縮。

就某種意義來說，我害怕褐髮更勝惡魔。

正因如此，我心態反而放得開。

不對。我放開心態的理由不只這個。還有其他理由。

「……雖說準備三個選項，但幾乎所有孩子都是以第一個選項解決。」她說。

我即使退縮，依然思索該如何搭話，猶豫以何種方式開口。就在這個時候，對方主動說話了。

我回過神來，發現她看向這裡。

褐髮惡魔看向這裡。

「十個人之中，七個人會以寫信的方式找『惡魔大人』諮商，剩下的三人之中，兩人會打電話。」

「……然後最後一人，就像這樣直接來見面……嗎？」

「不，最後一人會在面對第三個選項時決定『放棄』。直接來找『惡魔大人』諮商的孩子，是十人之中的第十一人。」

這個女生的語氣，比我還要中性。

聲音低沉又穩重，而且速度莫名地慢。不是「悠哉小妹」那種可愛的形象，單純是緩慢……接下來的形容方式明顯隱藏壞話要素，我很不願意使用，但「慢吞吞」這個形容詞最為貼切。

等待下一句話就會不耐煩。

是這種速度。

感覺像是慢速播放常聽的錄音帶。

「不過，這種孩子大多抱持真正嚴重的煩惱，所以我總是就這麼引介給警察、律師或是兒童諮詢中心。來見『惡魔大人』的第十一人，至今只出現過兩人，這兩人都是採取這樣的處置。不過……」

她這麼說，緩緩瞪著我說。

「神原駿河小姐，看來妳不是這樣的人。」

她忽然叫我姓名，我嚇了一跳。

不過，並不是因為「陌生人知道我的姓名」而嚇到，也不是因為對方是「惡魔大人」，所以使用神奇力量，在我自我介紹之前得知我的姓名。

「一點都沒錯，沼地蠟花小姐。」

我這麼說。說出她的姓名。

接著，這個女生——沼地首度甜美一笑。

「原來妳還記得，我好高興。」她這麼說。

是的。由於她染髮，我從第一印象認不出來，但「惡魔大人」是我認識的女生。

不過嚴格來說，我不是從長相認出來，是從她抱在左腋下的拐杖回想起來。

沼地蠟花。

國中時代，她是附近地區和我互別苗頭的別校籃球選手。我們對決過無數次，與其說是勁敵，更適合形容為死對頭。

我不記得明顯輸過她，卻也沒有明確勝過她的記憶。

我是擅長快攻的進攻型球員，沼地是吊兒郎當擅長防守的籃球選手。傳說她曾經完封敵隊，不曉得是真是假……

回想起她的打球風格，她剛才「慢吞吞」的說話方式與舉止，我就可以視為她人格的一環而接受。

雖說如此，但她是敵隊球員，所以國中時代即使知道對方長相，也不曾像這樣交談就是了……

「呵呵，神原，妳的左手……」沼地說著，以沒拄拐杖的右手，指著我左手的繃帶。「原來妳左手報廢的傳聞是真的，換句話說和我一樣。著名選手碰到受傷真是毫無招架之力。慢著，稱昔日的自己是著名選手，聽在耳裡會很傲慢嗎？不對，聽在妳耳裡應該不會吧，神原選手。」

「…………」

我沒回應，看向沼地的左腳。

她邋遢穿著尺寸較大的運動服，乍看之下難以辨識，不過仔細一看就發現，她雙腿的粗細不同。差異不明顯，是因為我「知道隱情」才看得出來。

不過，她的左腳包著石膏繃帶。

堅固地、堅牢地保護。

以免受到外力衝擊。以免受到世間打擊。

因此她左腳沒穿鞋，赤腳踩在地面。

左腳報廢。

是的，所以她拄著拐杖。

在國中最後一場大賽，即將對上我學校的前一場比賽，沼地在比賽時的衝撞意外傷到左腳。聽說她因而被迫退休，而且就我所見還沒完全康復。經過近三年都還沒完全康復，或許是嚴重到必須一輩子背負的傷。

但我不方便問這種問題，這也不是現在該問的問題。

「妳的左手，也是比賽時意外撞傷的？」

……對方問了這個不方便問，也不是現在該問的問題。

她或許是對同樣受傷退休的我產生同理心，但若是這樣，我只能低頭致歉。

我的左手並非這種光榮負傷，只不過是過去的錯誤。相提並論就是一種錯誤。

「嗯，算是吧。」

但我不能說真話，只能含糊點頭。

「妳的制服是直江津高中吧？所以妳是帶領那間升學學校打進全國大賽……真厲害。而且妳好聰明。」

「不是那麼回事……」

我說著看向沼地的運動服。以紅色為主的花俏運動服。

胸口繡著品牌名稱，但我在這個距離無法辨識。如果是知名品牌的刺繡，我遠遠就看得出來，所以應該是冷門品牌的運動服。

即使不是如此，至少也不像是學校指定的運動服。

「嗯？我嗎？我沒上高中，準備考試的時間都用來復健了，如今是現正當紅，令人嚮往又憧憬的飛特族。不過我的腳變成這樣，沒什麼老闆肯雇用，所以我現在沒在打工，與其說是飛特族更像是無業遊民。」

沼地說完，把右手插進運動服口袋。

原來她沒上高中。

那麼基於這層意義，扇學弟說她是女高中生就是錯的，我內心稍微舒坦。看來我的個性果然不像別人心目中那麼率直。

「所以我能成為『惡魔大人』。」

「…………」

「捨得花時間做這種事。」

她說著從口袋取出手機，進行某些操作之後放回口袋。看來是在確認來電紀錄。

難道是某處有人打電話給「惡魔大人」？不對，如果是這樣，她肯定會接電話，因此她或許只是玩手機給我看，對我做個樣子。

國中時代的她，在球場也是這樣，擅長在一對一防守時，擾亂對方球員的心理。

「……腳受傷之後，沒什麼老闆肯雇用，所以成為『惡魔大人』代替打工？」

「啊？」

沼地對這番話露出驚訝表情。

看起來不像是做個樣子，單純是被我的推理嚇到，但實際上不得而知。或許這也是裝出來的，其實是對我做個樣子。

再三強調，我和她的交情，沒有好到能從表情解讀想法。

「慢著，不對不對，神原選手，這是誤解。我不曉得妳聽誰說了什麼，但妳有所誤解。」

「我誤解什麼？」

若問我聽誰說了什麼，我是聽扇學弟說了「惡魔大人」的事。

「我確實在當『惡魔大人』，但我並不是藉此賺錢，這是免費諮商。」沼地說。

她這番話出乎我的意料。這麼說來，包括扇學弟、日傘與火憐，都沒提到「惡魔大人」解決煩惱時會收取報酬。
依照他們的說法，委託人甚至完全不用付出代價。
「…………」
如果是真的，我就覺得自己稍微太早下定論。向阿良良木學長索討五百萬圓報酬的忍野先生，或是搜刮女國中生零用錢的貝木泥舟，他們給我的印象被我套到這次的事件，使我會促認定「惡魔大人」的行動和金錢有關。
免費諮商室、免費諮商員。
這樣簡直像是……
「……簡直像是阿良良木學長。」
「嗯？神原選手，妳剛才說什麼？」
「不，沼地，我什麼都沒說。」我搖頭回應並道歉。「我確實誤解了，對不起。原來如此。換句話說，妳是為了世間，為了遇到困難的人們，提供免費的諮商服務，所以妳是『好人』。」
「呵呵，聽別人當面這麼說，總覺得不太好意思……」
「那妳為什麼自稱『惡魔大人』？」
我沒有稱讚的意思，她卻在害羞，令我好不自在。我沒聽沼地說完就發問。
「既然這樣自稱，就某種程度來說，別人難免會用偏見的眼神看妳吧？」

「因為現在是注重衝擊性的時代。注重衝擊性與話題性。首先必須震撼顧客，否則任何人都不會注目。無論是娛樂、文化或政治，如今都必須以意外性為第一考量。何況我即使是再冒失的無神論者，我也沒厚臉皮到自稱『神』或『天使』。」

「………………」

「最重要的是，抱持煩惱的人們，基本上都受到自卑感的束縛。處於這種心理狀態，比起高階的『神』或『天使』，找差勁至極的惡魔幫忙容易得多。」

「……總之，我好像聽得懂，又好像聽不懂。」

「嗯？真意外，妳這樣光明正大過生活的人，也聽得懂我說的話？不對，難道妳手臂報廢之後，稍微扭曲了妳的人性？」

「並不是這麼回事……」

這條左手臂，確實如同象徵我扭曲的人性，但我的左手不是原因，是結果。話說回來，她看穿事物本質的眼光，和現役時期一模一樣。

不對，或許她不再打籃球之後，眼光磨練得更上層樓。她開設免費諮商室，或許就是基於這樣的眼光？

……不對。

我在國中時代，確實只是在球場和沼地對峙，幾乎沒講過話。即使如此，因為曾經以球員身分相對，我自認理解她的「人性」到某種程度。

沼地蠟花這名選手，不是願意陪他人諮商的人。

她這個女生，不會為他人使用自己的眼光。

既然這樣，難道是她在這三年有所改變？

有所改變——有所成長。

不過……

「我原本煩惱要自稱『惡魔大人』還是『墮天使大人』。總之，『墮天使大人』也是難以割捨的選擇，但這個稱呼有點帥氣過頭，我覺得男生不敢領教。如今則認為非『惡魔大人』這個稱呼不可。」

「為什麼？」這種事我想也想不通，所以決定直接問她本人。「既然不是為錢，為什麼做這種事？」

「一定要說明嗎？」

聽到她以問題回答問題，我察覺她完全沒義務回答我，瞬間不曉得如何回應。

「一定要。」

但我如此斷定。儘可能斬釘截鐵。

她看到我強烈要求說明，像是愣住般瞪大雙眼，接著戲謔地聳肩露出笑容。她每個動作都是慢慢來，所以無論如何都有種作戲的感覺。

「哎，無妨。反正『惡魔大人』被妳這種抱持半好奇心態的人找到時，就必須收手了。其實我好喜歡這次的名稱……」

沼地遺憾地這麼說。

「這次？換句話說，妳之前也做過這種事？」

「嗯，算是吧。我國中退出籃球界之後的這三年，一直更換不同的方式與名字，聆聽不同對象的煩惱進行諮商。」

原來如此。

我在這部分也受到貝木泥舟形象的影響，以為她的活動時間再長，頂多也是從去年開始，沒想到頗為根深柢固。

「感覺身分快曝光就立刻撤退，然後重新來過。這就是訣竅。」

「哪方面的訣竅？」

「長命百歲？」

沼地歪著腦袋這麼說，並且重複剛才的話語。

緩緩重複。

「被妳這種抱持半好奇心態的人找到時，就必須收手然後接關，這是長生不老的不二法門。不過與其說是接關，更像是反覆從頭來過。雖然現在剩下不多，不過大約在三十年前，這種類型的遊戲似乎很常見喔。」

「我並不是抱持半好奇的心態來到這裡……」

「沒事情要諮商卻來到諮商室，難免會被說成抱持半好奇的心態前來。其實我甚至想說，這種人完全是抱持好奇的心態前來。」

「…………」

「咦，記得妳剛才問我『為什麼要做這種事』？」沼地看到我無法反駁，滿足地這麼說。「妳問我『既然不是為錢，為什麼要做這種事』對吧？」

「嗯，對，我是這麼問的。」

「當然不是為了世界或為了世人。『我不可能做這種慈善事業』這種充滿偏見的自我認定，就是妳提問的根據吧？既然這樣，我得說這個答案完全正確。妳似乎對我的眼光有高度評價，但妳的眼光也不賴。」

「……那妳是為了什麼？」

「為了自己。為了我——沼地蠟花的健全利益。或許可以說是為了我的左腳。」

沼地這麼說。毫不內疚。

即使如此，她並沒有洋洋得意，真要說的話，有些冷漠。

「是為了聆聽他人的煩惱或困擾，感覺『太好了，世間有許多和我同樣不幸、比我更不幸的人』而安心。我擔任『惡魔大人』只基於這個原因。」

「…………」

「喔，妳一瞬間鄙視我吧？妳的個性真正經。這份率直也是妳打球時的優點，不過包含我在內，在敵視妳的交戰球員眼中，這只是必須鎖定的弱點。」

我聽完這段解釋之後板起臉，沼地見狀明顯以得意洋洋的樣子這麼說，接著露出靦腆的樣子。

「……妳不是當真這麼說吧？」

「嗯？是指哪方面？大家真的都鎖定妳的弱點喔，難道妳沒發現？還是妳想批判這種做法很卑鄙？這畢竟是往事，而且事到如今重提這種事主張自己的正當性，我覺得反而不符合運動家精神。」

這種挑釁的話語，看似想要激發我的情感。不過這始終只是基於善意的解釋，實際上比較像是她純粹在捉弄我享樂。

但是，看似真相的事情，不一定是真相。

我暗自進行深呼吸以免對方發現，繼續問下去。

「我不是那個意思。我想問的是，妳不是當真把別人的不幸當成食物吧？」

「把別人的不幸當成食物……這種說法不太對。我不記得自己這麼說過。我始終只是想以別人的不幸為基準，認為『我這樣還算好』，『雖然我這輩子再也不能跑，但是除了我，世界上還有許多人面臨困境』。我以這種想法勉強維持心理平衡。」

「平衡……」

這是忍野先生常說的兩個字。總是以中立為主旨的那個人常說的話。

「神原選手，基於這層意義，我看到妳的左手之後，內心安穩許多。看到妳這樣的頂尖球員，落到和我相同的地步，我就……不對，我內心還是沒安穩。因為妳看起來和我不一樣，並不是非常在意左手的問題。」

「……沒這種事。」我說。

但我不曉得我堅決否認的心情，是否確實傳達給她。

因為我的左手只是自作自受。我內心已經好好釐清這一點，但沼地並非如此。

所以從她的立場來看，我難免像是悠哉又從容。

「呵呵……」沼地輕聲微笑。「高中生們找我——找『惡魔大人』諮商時的信，以及錄下來的通話紀錄，是我最寶貴的收藏品。『世上有不幸的人』、『世上有許多不幸的人』，這個事實大幅助我逃離苦海。具備真實性的當事人經歷，比起賺人熱淚的虛構小說更令我著迷。我從三年前反覆更換招牌，蒐集他人的不幸至今。所以這不是食物，是鑑賞物。」

「……這不是什麼可以稱讚的嗜好。」

在這種場合，我或許應該將內心出現的想法原封不動告訴她（這或許正是沼地的期望），但我說出口的卻是以大量濾網過濾、篩選，再包上一層委婉糖衣的話語。

「找妳諮商的，明明都是認真在煩惱的人吧？」

「正因如此才值得收藏……我這種說法像是壞蛋嗎？呵呵，神原選手，別這麼當真，一副像是要賞我一拳的樣子。別靠得這麼近，妳的魄力很恐怖。」
「妳的卡位距離沒這麼短吧？」
「天曉得，以前的事情我忘光了。因為現在的我不是籃球球員，是諮商師。」
我打了。
我嚇了一跳，沒想到自己這麼輕易就動手打人。不過在我回神的時候，我右手確實打在她的臉頰。
我沒使用怪力左手，所以或許還算冷靜。
被打的沼地即使臉頰發紅，依然輕聲對我一笑。她的表情明顯傳達一件事。
動手就輸了。
「神原選手，就說別當真了。我說啊，到頭來……」
沼地忽然變成裝熟的語氣，像是把我當成密友搭肩開口。
隨意地、輕鬆地開口。
「妳真的覺得找我諮商的人，都是認真在煩惱的人？認真在煩惱的人，不可能拜託『惡魔大人』吧？這些不幸始終只是日常等級，始終只是渺小的不幸。偶爾出現真正有煩惱的諮商者時，我會確實轉介給相應的機構。我剛才就這麼說過吧？」
「…………」
「我也沒有介入諮商者的不幸，只是認真聽對方傾訴，和神原選手現役時代一樣認真。這樣有誰會受傷？我只是在心中竊笑，臉上的表情很正經。無論是看信或是接電話時都一樣。我知道必須以相應的禮儀，對待那些提供己身不幸的當事人。」

「妳在心中竊笑的時候就很虛偽吧……但我這麼說應該也沒用。」

「確實沒用。」

「而且沼地，妳應該會對我這麼說吧：『除了明顯無法處理的事情，我確實解決了他們的煩惱，所以妳沒道理對我說三道四。』」

「絕對」能解決煩惱。這是「惡魔大人」的宣傳標語。

換句話說，沼地在這部分，對於諮商者非常誠實。無論內心露出何種表情，她依然會確實處理對方的不幸，並且「接收」。

不提她是怎樣的諮商師，至少她是誠實的收藏家。

她應該會這麼主張吧。

「不對。」

但我錯了。

她收藏家的一面也很虛偽。

「我沒有特別做什麼事，只有聆聽。」

「……啊？」

「聽對方述說，之後什麼都沒做。以模式1的狀況，我收信之後什麼都沒做；以模式2的狀況，我在電話裡說『我確實聽到你的要求了』然後結束；使用模式3的人們，我只聽他們大略述說，不聽細節，換言之同樣什麼都沒做，依照制式流程幫忙引介到相應的機構。因為過於不幸的事蹟會令人退避三舍。令我退避三舍。」

沼地說到這裡，把放在我肩膀的手往下移，抓住我的右乳房。

她的動作真的粗魯到完全適合形容為「抓住」，毫無挑逗或愛撫的感覺。

靜靜地、清楚地傳來痛楚。

大概是報復我剛才的耳光吧，若是如此，我也不方便掙脫。

「『惡魔大人』只會聆聽，不會做任何事。」

「……為什麼？」

「就算問我為什麼……外人插手管別人的不幸，事情只會更複雜吧？如果認真想拯救別人，必須抱持氣概背負對方所有的不幸，我可不想這樣。」

「……不對，我問的『為什麼』不是這個意思。我已經知道對妳說什麼都沒用。既然這樣，妳明明什麼都沒做，『為什麼』會流傳『惡魔大人』絕對能解決煩惱？」

「喂喂喂，這還用說，當然是因為煩惱這種東西，大致都能以時間解決啊？」

沼地這麼說。語氣悠哉得如同揭開小學等級腦筋急轉彎的謎底。

右手沒放開我的胸部。

「正如字面所述，是時間問題。基本上，他們的煩惱都是『對將來的不安』。預料

『或許會比現在還慘』，導致心理失衡。所以他們需要的是『我受理這個煩惱了』這句話，不需要我解決煩惱。」

「……這就是百分百解決煩惱的真相啊。」

簡單來說，沼地對諮商者做的事情是「拖延時間」。「我會幫忙解決這個煩惱，所以『靜候佳音』吧」──以這種方式讓委託人從「煩惱」的心理狀態解放。

不是解決，是解放。

煩惱的根源，會在等候的這段時間風化，或是委託人自己覺得問題不再嚴重。

「俗話說，光是說出煩惱就能舒坦得多，實際上正是如此。這就是真相，是標準答案。我不用做任何事，大家也遲早會卸下負擔。」

「但這樣是在逃避吧？只是在逃避吧？只是讓諮商者轉移焦點忽視問題吧？」

「逃避有什麼錯？這個世上的問題，幾乎都能以逃避解決吧？在逃避拖延的過程中，問題逐漸變得不是問題。人們就是因為想『當下』解決問題才變成勞碌命。」

「…………」

總覺得像是被她的花言巧語矇騙……不對，實際上我應該被矇騙吧。

…………

不對。「矇騙」這種說法，同樣是將責任推給沼地，這才叫做卑鄙。

我接受了。輕易接受她的說法。

是的，在那個時候……我當年和真正惡魔進行交易的那個時候，如果我沒面對問題，只是靜心忍受，沒有發憤解決問題，我應該不會傷害任何人。

而且，先不計較理由或說法，沼地蠟花以「惡魔大人」的身分，傾聽許多高中生的煩惱，讓他們得以舒坦，這似乎是事實。

所以火炎姊妹——前火炎姊妹也無從著手處理。

標榜是正義使者、正義代言人的那對姊妹，在攻擊目標具備「正確」的性質時，其實非常無力。

「……放開我。」

「嗯？」

「我要妳放開我的胸部。」

「…………呵。」

還以為沼地會稍微抗拒，她卻乾脆地聽從我的要求。她放開我的胸部，當著我的面開闔手掌。

緩慢的動作、緩慢的笑容。

「所以神原選手，妳要怎麼做？」

「回去。」

沼地詫異揚眉，似乎真的感到意外。

「還以為妳會再賞我一拳，沒想到妳意外地明理。話說在前面，我應該會再度換個名稱，繼續做相同的事，因為這種收藏癖好已經等同於中毒。嗯，與其說中毒，應該說劇毒。」

「我為剛才打妳的行為道歉。對不起。」

「真率直。」

「妳的所作所為不值得誇獎，我也不甚理解妳的想法與嗜好，但妳的行徑看起來不會害人陷入不幸。如果只看表面，類似一種助人行為。」

「很高興妳能理解。」

「我沒理解。」

我說著遠離沼地。

她不再主動靠近我。應該是因為沒理由吧。

「再見囉，神原選手。久違的重逢卻是這種形式，真遺憾。我很想在球場上和妳重逢，但我們彼此應該都無法實現這個願望了。現實這東西真令人煩惱。」

「……反正妳的這個煩惱，也能以時間解決吧？」

「當然。」

她毫不猶豫如此回應，我沒道別就轉身背對她，將她獨自留在補習班廢墟遺址的荒原，快步離開。

其實我想用跑的，卻不知為何做不到。我這麼做並非為不良於行的她著想。

無論如何，我心滿意足。

無條件接受高中生諮商的「惡魔大人」不是我。光是能確認這一點就足夠。

……我大概一輩子都會重複這種無謂的確認工作吧。會永遠受妄想束縛，認為世上所有壞事都可能是我做的。

反省到不耐煩的程度，持續懷疑自己。

這是我對當年過錯的負責方式，是明確的懲罰。

這次的真凶不是我，出乎意料是我以前認識的人，而且我無法理解她的想法，但我依然認為在那片荒原等待我的人，很可能是「我」。

每天早上看報紙，看到昨天落網的罪犯姓名時，我會試著把這些素昧平生的人，和我自己重合。

我重複著這種行為。而且一輩子永遠重複。

……還是說，這也是時間能解決的問題？總有一天，我也能和正常人一樣，在看報紙的時候過目即忘，把各種傳聞當成耳邊風？

入夜時，我不用以膠帶捆綁左手就能安眠的日子，真的會來臨嗎？

我不這麼認為。

基於這層意義，我和飾演「惡魔大人」，近三年來持續飾演類似角色的沼地沒有兩樣。那個傢伙因為腳傷而斷送選手生涯，宣稱藉由「蒐集別人的不幸事蹟」緩和內心的打擊，但要是依照她的理論，她自己的這個「煩惱」肯定也能以時間解決，用不著蒐集這些不幸事蹟。

還是說，三年不足以解決？

對她來說，這也是一輩子永遠持續的煩惱？

「……總之，一點都不重要。」

昔日勁敵做出莫名其妙的行徑，令我有種無法言喻的複雜心情。即使如此，也不代表我能為她做些什麼。

雖說是勁敵，但我們的交情不深，要不是以這種方式見面，我們即使在鎮上擦身而過，也不會察覺彼此。

即使如此，如果是阿良良木學長，應該會當場追究她的所作所為吧。

還是說……

我忽然冒出一個主意，決定寄手機郵件給阿良良木學長。要是說明詳細經過，他可能會真的介入這件事，所以我當然不提重點，只講概要。

『老朋友（女生）摸了我的胸部。』

阿良良木學長平常不是立刻回信的人，但他只有這次立刻回信。

『算我一份！』

「……」我微微一笑，關閉手機電源。

# 010

我在冗長述說前面那件事之後講這種話，等於完全搞砸至今的氣氛，不過這種小插曲對我來說並不稀奇，很常見。

頗知名的傳聞引起我的注意，我開始擔心並且出動，發現自己的犯罪妄想只是妄想。正如前述，我從去年就反覆做這種事。

反覆、反覆、反覆，永無止盡。

不對，只是這種症狀從去年開始惡化，使我變得會付諸行動，正確來說，我這種想法是從小學時代——從我首度和惡魔簽約的那時候，一直反覆至今。

如同我認為補習班倒閉是我害的。

跟蹤阿良良木學長的行徑也大同小異，我自己都覺得堪稱病態，反過來說，這種異常行徑也是神原駿河熟悉的例行公事。我從極端的角度並非不能如此斷言。

肯定能斷言。

只要習慣，異常也是日常，異常就是日常。

再怎麼奇特的行徑，也是打造日常的重要行為。

因此，我在荒原和沼地蠟花重逢，即使當然令我感到意外——以為再也不會見面的舊識、國中時代的勁敵，卻忽然出現在眼前，即使令我受到相當強烈的震撼，卻只是嚇一跳而已。

退休的選手將被遺忘。我見到她之前都不記得她，她應該也是見到我才想起來。時光的流動真是不可思議，人的緣分真是奇妙。我只抱持這種稀鬆平常的感想，只要是看過古典小說的人，都可以抱持這種感想，不值得刻意寫下來當成親身經歷。

每天都充滿那種程度的驚奇。

說我變得冷感也沒錯，但這是毫不虛假的真心話，所以無可奈何。到頭來，正如沼地所說，我只能以直來直往的方式看待事物，要是我面對所有事件，都像是面對阿良良木學長或戰場原學姊那樣感同身受，我的身體會撐不住。應該說心理會撐不住。

在阿良良木學長眼中，我應該是個橫衝直撞的熱血漢子，但是在他人眼中，我可能是冷酷無情的人。

至於在我眼中，我是……不，這件事別在這裡說。這樣聊下去很危險。

無論如何，我和沼地蠟花的重逢，對我來說僅止於此，即使我在玩傳聞中現正流行的推特，這也是無須留言就帶過的小事。

無須說出來。

本應如此。

既然我說「本應如此」，當然代表實際上並非如此。是的，實際上，我後來對沼地蠟花這個國中時代勁敵的姓名難以忘懷。

難以忘懷？

既然我下意識地使用這種字眼，或許代表我內心某處很想忘記她……總之，隔天發生了一件事。

升上高三的第二天，新學期新生活的第二天早晨，我在一如往常的時間醒來。

「面有難色地思考，看起來似乎充滿智慧，但這是誤解。並不是只要思考就是好事。什麼都沒想，悠哉過生活的傢伙，更能夠取得天下。煩惱只是浪費時間，有時間思考不如行動。忘掉煩惱吧，不要悔不當初。」

母親今天在夢裡說了這番話。母親確實經常出現在我的夢，但好久沒有連續兩天出現了。我思考著這種事起身。

起身時，以膠帶固定在柱子上的左手拉住我。

「……唔～」

我恍恍惚惚地撕膠帶，意識越撕越清晰。我不禁心想，這個拆箱作業就像是我的收音機體操。

總之，我一如往常醒來。

我以為一如往常。

就在這時候，我在逐漸清晰的視野之中，發現指甲剪——昨天我拚命找也找不到的那把指甲剪。

不對，回想起來，我並沒有找到拚命的程度，不過找東西的時候，總是在需要的時候老是找不到，並且像這樣在放棄的時候找到。

我撕光膠帶，就這麼解開左手的繃帶。沒在找到指甲剪時趕快剪指甲，到時又會找不到。何況昨天被扇學弟妨礙，我想在便利商店買新指甲剪的計畫也沒執行。

總之，既然像這樣找到，我有種賺到的感覺。改天拿這筆省下的錢請扇學弟喝飲料吧。不對，太寵這個囂張的學弟不太好。我思考著這種一點都不重要的事情，剪起左手的指甲。

拇指、食指、中指。

剪到這裡——剪到剩下無名指與小指的階段，我後知後覺發現一件事。

不對，後知後覺也該有個限度。

但也在所難免。

因為這才是理所當然，原本該有的樣子。反倒是直到昨天的樣子有問題，是再怎麼習慣也不自然的樣子。所以我經過不少時間才發現也在所難免。

是的。

我解開綁帶見光的左手，不是猴掌，不是惡魔之手。

而是恢復為原本的人類左手。

# 011

我一瞬間以為還在做夢，或是做了「從夢中醒來」的夢，但是並非如此。

何況「這該不會是夢吧？」這種想法只是漫畫作風，我不是愛做夢的少女，不會在這時候捏自己臉頰。

即使如此，我依然不得不再度倒抽一口氣，以無法置信的心情，注視我光滑細長的左手。

不是動物的手，是人類的手。

「懷疑自己的眼睛」就是這麼回事。

我不由得脫光衣服，以房間角落的穿衣鏡照自己的裸體。即使透過鏡子，即使擺任何姿勢，依然一樣。

映在鏡子裡的「右手」，是人類的手。

是我所懷念，甚至遺忘的手。

……仔細想想，我完全不需要全裸，但這就代表我現在多麼混亂。

在所難免。

從去年五月起，外型總是「動物之手」的這條手臂——逼我從國中未曾中斷的籃球運動退休的這條手臂，居然如此唐突、意外、忽然就恢復原狀，我實在無法相信。

這究竟是怎麼回事？

沒有啦，我當然很高興。

我沒有一天不希望自己的手臂恢復原狀。即使在內心強調這是自作自受、因果報應，即使講得好像灑脫接受這件事，我在更衣或洗澡時，每次看到裸露的動物手臂，依然會悲從中來。

以繃帶隱藏手臂，是為了避免被他人看見，更為了避免被我看見。

因此我即使在房裡獨處，即使在晚上睡覺，也儘可能不解開繃帶。

所以，我不可能不高興。

不過，我內心困惑的比例，遠勝過喜悅。

為什麼？

我的左手為什麼……得以解放？

就在今天這一天，突如其來？毫無預警？

這麼說來，忍野先生說過，這真的是時間會解決的問題。那位專家告訴我，惡魔將在我二十歲時解放這條手臂。

只是時期出了一些誤差？只是提早了兩年？

還算是誤差範圍？

不過，真的有這種稱心如意的事嗎？犯下那種過錯的我，真的能接受此等幸運？

……不，還有一種可能性。令我不忍正視的淒慘可能性。

到頭來，我的左手之所以化為「猴掌」，是因為我向惡魔許願。我希望「阿良良木學長消失算了」，打從心底憎恨那個人。

「…………」

這份憎恨以簡潔易懂的方式具體化，就是那條「惡魔之手」。所以，正因為這個願望沒實現，以不上不下的方式作結，所以我的手一直是惡魔之手。

既然這條手臂恢復原狀……難道阿良良木學長出事了？

去年的那一天，我當時許下的負面願望——天理不容的願望，難道在某處實現？

不願想像的這種可能性掠過腦海，剛掠過腦海，我就朝著充電座的手機伸手。

昨天我關機之後就扔著不管，如今我慌張地開機。由於要晨跑二十公里，我比普通高中生早起許多，所以現在時間與其說是早晨更像是拂曉，但現在不能說這種話。

我得立刻聯絡阿良良木學長。

我打開通訊錄，花時間尋找阿良良木學長的名字時，手機收到新郵件。新郵件。

是阿良良木學長寄的郵件。

我原本以為時機真巧，但卻不是如此，看來是我關機時寄到伺服器的郵件，在開機的現在才寄達。

『剛才的郵件是開玩笑的。為什麼沒回信？難道生氣了？沒生氣吧？不過真的很抱歉，我沒那個意思，請讓我贖罪。』

…………

好弱！

既然事後得道歉，一開始就不應該寄那種胡來的郵件。

唔～至少就這封郵件看來，阿良良木學長的人身安全沒什麼大礙……

阿良良木學長也可能在寄這封郵件之後發生慘事，但看來不用急著打電話給他。

應該說，我不想打。

如果要生氣，就得現在生氣。

真是的……

不過，假設阿良良木學長沒發生任何狀況，這條手臂為何恢復原狀？

不可思議……比起喜悅，困惑的心情果然比較強烈。

老實說，我甚至覺得噁心。

總是在光明與黑暗兩側束縛我，如同鎖鏈的這條左手忽然解放，坦白說很噁心。

居然無緣無故就發生這種事。

怪異是基於合理的原因出現。記得這是忍野先生的說法？

這是時間會解決的問題。

真的僅止於此？這樣解釋就好？

我不用硬是煩惱，不用無謂思索，只要正常地感到高興，手舞足蹈就好？

但我依然思索。

我回想起來的，是佇立在荒原的少女。

昔日的勁敵——沼地蠟花。

## 012

雖說如此，我並不是順勢推斷她以「惡魔大人」的身分，漂亮地、靈驗地解決我的煩惱。

不可能有這種事。

到頭來，那個傢伙只是傾聽煩惱，沒有協助解決煩惱，何況我始終只是去見她，甚至沒親口和她商量煩惱。

沒什麼靈不靈驗的問題。

沼地始終認為我的左手，是在練習時發生意外的後果。

既然不曉得是否在煩惱，就不可能解決這個煩惱。明明沒說出口，哪可能舒坦？

清楚知道我左手實情的人，只有阿良良木學長、戰場原學姊與忍野先生。

此外，頂多就是羽川學姊與……扇學弟？就這幾個人。

連同班的日傘都不曉得。

沼地無從得知。

萬一沼地知道，她同樣做不了任何事。那個不幸蒐集家，聽到我「炫耀不幸」或許會開心（同樣是籃球選手的她，也可能因為我的謊言壞了心情），但不可能為我處理這個煩惱。

我明白這個道理。

即使如此，即使考量到這一點，我回想起來的人，看到恢復原狀的左手時回想起來的人，依然是她。

褐髮、身穿運動服，動作緩慢的那個女生。

「總之，這下該怎麼辦……」

我察覺自己一直全裸，連忙穿上衣服。在房裡全裸被奶奶目擊的往事，依然成為我的心理創傷揮之不去。

在這種時候，我也依照例行公事，先穿上慢跑服準備晨跑。曲線畢露的慢跑服。

穿上這套衣服，就能繃緊精神。在感到解放的同時繃緊精神。留得相當長的頭髮紮成馬尾，最後重新以繃帶包裹左手。既然外型恢復為人類手臂，我就沒理由包繃帶隱藏，但我以「受傷」為由，左手將近一年都包著繃帶，所以也不能忽然解開繃帶外出。

手臂輪廓改變，但這部分無從隱瞞。我包完繃帶才發現，我解開繃帶原本是為了剪指甲，但我根本沒剪完。可惜為時已晚。

好像《幽遊白書》使用忌咒帶法的飛影。

我在這種時候也在想這種無謂的事，使我質疑自己果然是個笨蛋，然後認為自己應該是個笨蛋。

沼地說，率直的打球風格是我的弱點，既然這樣，我應該是率直的笨蛋。無藥可救的小丑。

阿良良木學長罹患了隨時都忍不住講話搞笑的病，我在這方面和他大同小異、平分秋色。

我穿上慢跑鞋，來到依然冰冷、陰暗的戶外跑步，逐漸加速。

「唔哇……」

很不平衡。

不對，原本這才是左右對稱的正確平衡，但身體左側忽然變輕，所以跑步速度越快，身體越容易傾斜摔倒。

我真的摔倒了。

我過彎時沒過好，「咚」的一聲……不對，不能以這種可愛的擬聲字形容，應該是以「咕唰！」這種感覺，身體左半邊狠狠摔在柏油路面。

好痛，超痛的，真的是劇痛。

我想維持平衡，然後失敗。

要是左手撐住地面，應該能減輕創傷，但我沒能好好控制大小稍微變化（復原）的這條手臂，導致反射神經無功而返。

「好痛……痛死了……」

仔細一看，繃帶用力摩擦地面而破損，好不容易剛恢復原形的左手破皮流血。我已經很久沒在晨跑時跌倒，像這樣擦傷也很稀奇。

感覺像是剛換機種的全新手機，在到手當天摔到地上留下明顯刮痕。換句話說，我也因而真正感受到這是自己的手臂。

這是我的手臂。

血液傳達得到、神經傳達得到、意識傳達得到。

我的左手臂。

持續打籃球，扶持我至今的左手臂。

「好痛……哈哈，好痛，好痛……啊哈哈哈……」

我就這麼摔倒在地爬不起來，抱住疼痛的左手、抱住全身，維持這樣的姿勢笑出聲，但個中原因不只是因為我有點被虐屬性。

因為，我在哭。

抱著復原的左手，不明就裡地落淚。

「啊哈哈哈，哈哈……好痛，好痛……哈哈，好痛……好痛，好痛……」

好開心。

我這麼說。

啊啊，我不行了。

說什麼困惑先於喜悅，說什麼噁心勝於開心，這種修辭說法只是在耍帥。

理由一點都不重要。

我感到喜悅。

這是我現在唯一的心情。

# 013

有人報警。

我在路中間哭著大笑，所以這是理所當然。

我向趕來的警察說明原由。但我不能說實話，只好解釋自己慢跑時跌倒哭泣，又因為我是被虐狂所以同時大笑。後來眾人投向我的目光像是看見怪物。

「最近的高中生真奇怪……有種隔世的感覺。我還以為只有阿良良木曆是這種高中生……真懷念，不曉得那孩子現在怎麼樣了。」

警察賜給我這樣的意見。

唔～……

阿良良木學長太有名了。

總之我並不是在做壞事，左手的擦傷也不是很嚴重，因此我沒被帶到派出所，而是由警車送回家。

我第一次坐警車。

記得這種 1500CC 以下的警車，叫做迷你警車？

我沒能達到晨跑里程數，有點消化不良，卻也不能為了繼續晨跑，不惜甩掉趕來的警察，所以很遺憾，今天的晨間運動非得就此中止。

我謝謝警察送我返家之後回房。在庭院澆花的爺爺，看到門前停著警車嚇一跳，總之這部分晚點說明。我回房第一件事是挖出急救箱，仔細幫擦傷的部位消毒，貼上ＯＫ繃。

我貼上最新型，據說能和傷口同化，不曉得科學進展到何種程度的ＯＫ繃，再包上新的繃帶。不知為何，感覺像是對小傷進行過度保護的處置。

接著，我一如往常吃早餐。

一如往常檢視報紙與電視新聞，為自己未曾蒙上的冤罪證明清白。

今天沒流汗，所以我省略淋浴程序，一如往常上學。

無論手臂變成何種狀況，這部分目前為止毫無變化。

「哎呀哎呀，駿河學姊，是不是發生了什麼壞事啊？」

上學途中，扇學弟說著完全落空的推測，和昨天一樣來到我身旁。不曉得這孩子是否一直在埋伏等我。

或許他是去年底由阿良良木學長硬是解散（毀滅）的神祕組織——神原駿河非官方粉絲團「神原姊妹」的餘黨。

有可能。

如果是這樣，他也太冒失了。居然問我是不是發生了什麼壞事。

明明自稱是忍野先生的侄子，說話卻完全相反。

怎麼回事？

「咦，因為我第一次看見神原學姊用走的。怎麼會這樣，腳受傷了？」

「不，不是那樣。」

「所以是生理期？」

「……你與其說是冒失，更像是放肆。」

「啊，慘了，我現在是男生才對。」

「嗯？」

「沒事沒事，當我沒說。剛才是我基於雙重意義失言。」

扇學弟說著這種莫名其妙的話，和昨天一樣在我面前迴轉，逆向騎腳踏車。

昨天我在意這件事而向日傘確認，得知似乎有種適合特技表演，名為BTM的腳踏車，和單輪車的構造相同，反方向踩踏板就可以倒著走。扇學弟騎的車，怎麼看都是菜籃腳踏車，但肯定是相同構造吧。

無論如何，這種騎法肯定危險，看起來就不穩到令人擔心。

「所以，號稱韋馱天轉世的駿河學姊，為什麼用走的？」（註2）

「這……」

韋馱天轉世？

---

註2　佛教護法神，善走如飛，在釋迦牟尼佛舍利子遭搶時迅速擒凶。

會講這種話的人，應該只有阿良良木學長。

那個人經常幫他身邊的人取奇妙的稱號。

因為左手恢復原狀，左右失去平衡……不對，應該是恢復平衡，沒習慣之前不能跑步，否則會跌倒。我瞬間猶豫是否該對扇學弟說明這個隱情。

我並不是沒有因為過於開心而想說出口。即使只是間接，但扇學弟知道我手臂的狀況，所以真要說的話，告訴他也不成問題。

然而，我不太希望親口告知這件事的第一個對象是扇學弟。

我如此心想。

可以的話，我希望首先告知的對象是阿良良木學長或戰場原學姊，最理想的狀況是同時告訴他們。

所以我對他說謊。

「我有點發燒，這個時期裸睡似乎還太早。」

「……駿河學姊，我是男生。」

「是嗎？但扇學弟看起來不會對我的裸體感興趣。」

「不不不，沒那回事。只要是女生，誰裸體我都愛。裸體的女生沒有壞人。」

「你等著被騙婚吧。」我無奈地說。

不過，看來順利打馬虎眼了。看似彆扭其實意外率直的扇學弟，乾脆地將我的說法照單全收。

「不過，要是以這種速度悠閒走路，您會遲到喔。」他說。

「說得也是。」

他說得對。

我自認儘可能走得很快，但要是繼續加速會跌倒。

第一堂課是說明科目內容的班會時間，以最壞的狀況，即使遲到也逼不得已。我抱持著這樣的想法上學，不過……

「不然請學姊坐後面，我們雙載上學吧。」

「我做不了那麼色情的事。」（註3）

「雙載是色情的事？您這種印象究竟從哪裡來的……」

「…………」

從阿良良木學長來的。這次也是他。

「沒有啦，我討厭屁股這個字。屁股聽起來不是很低級嗎？雙屁股、雙屁股，重疊兩個屁股的意義是從哪裡……」

「您想重疊幾個屁股啊……不然也可以由駿河學姊騎我的車載我。」

「你要一個身體欠佳的女生騎腳踏車？你講話都不考慮後果的。總之別管我，你先

註3　日文「雙載」的「載」和「屁股」同音。

走吧！」

我講出像是少年漫畫角色會說的話，伸手向前搖了搖，如同在趕走扇學弟。

但他毫不介意。

「這麼說來！」

他繼續和我交談。

我看到扇學弟這樣，就強烈覺得不懂得察言觀色比較吃香。不對，其實我的個性也相當不懂得察言觀色。

真希望接下來的言色都註記在內文旁邊。

「駿河學姊，昨天聊到的『惡魔大人』，您還記得嗎？」

「嗯？不，忘記了。那是什麼？」

「真過分，請認真聽別人講話啦。就是絕對能解決他人煩惱的『惡魔大人』。」扇學弟嘛嘴露骨表達不滿，接著說出這句話：「那個『惡魔大人』似乎消失了。」

「消失了？」

「對。或許是『惡魔大人』回到地獄了……咦，惡魔是回到地獄嗎？記得地獄是惡鬼住的地方？這部分是因為翻譯用語搞混嗎？總之，結束受理煩惱的公告在昨晚傳遍。居然打廣告說明結束營業，不曉得該說守規矩還是怎樣……惡魔都這樣嗎？」

「…………」

沼地真的「收攤」了。

因為被我這個不是委託人，又不是諮商者的第三者——被『抱持半好奇心態』的我找到。

……她當然不是想就此完全收手，這次清算也包括後續的伏筆吧。沼地守規矩地刊登「結束營業」的廣告，我猜是避免和接下來「蒐集不幸事蹟」的活動起衝突。

我不打算苦口婆心勸她，即使她聽進去了，也不會光是這樣就受挫。

嗯……

不過，傷腦筋。這下子麻煩了。

沼地銷聲匿跡之後，就很難和她取得聯繫。那個女生雖然舉止緩慢，撤退時卻相當迅速俐落。原本今天放學之後，我還想再請火憐告訴我「困難模式」的約見地點，再去見沼地一面。

我的手臂恢復原狀，或許和昨天接觸沼地有關。

這只是我目前基於獨斷與偏見的推測。

不過，開心就是開心。

這部分無法瞞混。

這一點我不說謊。

雖然是自作自受的懲罰，但能從這個懲罰解放，我感到非常開心。其實或許不應該高興，但這份心情是真的。

即使如此，我還是想知道理由。

我為什麼能得到神——得到惡魔的赦免？我無法忍受自己被蒙在鼓裡。

我覺得想知道真相，首先一定得再見沼地一面。總之，即使她不再飾演「惡魔大人」，我也不是完全沒辦法找到她。

昨天或許應該交換手機號碼與電子郵件地址。但當時氣氛不適合這麼做，而且我覺得不會再和她見面，所以沒交換是理所當然。即使如此，我知道她的本名以及昔日就讀的國中，要找出她家應該不是難事。

「為什麼要收手呢？明明有許多人受到『惡魔大人』的拯救……」

「人只能自己救自己。」

「聽起來很像我叔叔會說的話……但那不是人，是惡魔吧？」

「世間哪可能有惡魔？」

我這麼說。

從上而下，撫摸左手的繃帶這麼說。

「人類與惡魔的身分，終究不可能共存。頂多只會是惡魔般的人類。」

惡魔般的人類。

或者是……人類般的惡魔。

但我或許並非暗指沼地，是暗指我的母親。

說穿了，「惡魔般的人類」肯定不是形容個性很差，或是罪孽深重的人。而是形容向惡魔許願的人。

換句話說，是我。

# 014

不過，接下來的劇情進展，變得和沼地蠟花的言行一樣，步調非常慢。

日傘和我或沼地一樣，在國中時代是著名籃球員，或許問她就可以立刻知道沼地住哪裡。我抱持這份期待，應該說抱持這份天真的想法。不過我抵達學校（總之好不容易在最後關頭免於遲到）立刻詢問之後……

「不，我不知道。」日傘說完搖頭回應。「妳說沼地吧？是那個以惡整般的泥淖守備聞名，以『毒之沼地』為人所知的沼地蠟花吧？」

「原來她有這種別名……」

「順帶一提，妳的別名是『神速天使』神原。」

「…………」

我覺得我發明的『加油小駿河』還比較好。
這稱號終究很丟臉。
「再順帶一提，我是『Sunshine Umbrella』。」
「為什麼只有妳是英文別名？」
「因為我和妳們不一樣，只是弱小球隊的隊長，所以種類不同。與其說種類，應該說種族不同。」
「弱小？這種謙虛挺挖苦的，妳那樣叫做黑馬。」
「總之，我不知道。因為那個女生退休之後，好像立刻從那所名門國中轉學。」
「這樣啊？」
「嗯，我對這件事印象深刻，所以記得很清楚。聽說她原本是體育保送入學，而且學費全免，但她受傷之後失去這個獎勵，所以沒繼續就讀。」
「……不只被迫退休，還被迫轉學啊。」
這種事該怎麼說……真絕望。
我回想起她拄的拐杖。
既然這樣，她的傷堪稱奪走她當時的一切。
「不過，那裡畢竟是規模完善的學校，即使是這種狀況，也不是沒有補救措施，所以順利的話，她肯定也能留下來不轉學，但她的自尊應該不容許吧。」

「自尊啊……但她看起來不像那種人。」

「沒有人毫無自尊。」

日傘莫名果斷地這麼說。很像是她會說的話。

不對，應該說，雖然不到扇學弟的程度，但這次明顯是我失言。

我這種說法，才叫做沒自尊的發言。

「聽說她轉學時和家人一起搬家，嗯，所以她肯定不在這附近。」

「不在……」

這就錯了。

因為實際上，我昨天就見到她。搬家這件事應該沒錯，但沼地反倒是因為搬家，從原本居住的城鎮移居到這座城鎮吧。

遠在天邊，近在眼前……不對，如果只是正常擦身而過，我果然無法認出沼地。

褐色頭髮，不像是運動員的運動服打扮。

外型變化到那種程度，即使是對我說明沼地經歷的日傘，也認不出她。

這方面，我也不能說大話。

當時要不是她先叫我的名字，我肯定無法確信她是那個沼地——「毒之沼地」。

想到這裡，就覺得我們的關係不可思議。

我們在那麼小的球場交鋒爭戰，就某種層面上演著近似你死我活的戲碼，卻幾乎不知道彼此的事。

日傘也是，要不是我們高中同隊，我完全不知道她愛看哪部少女漫畫，不知道她認為自己很怕生，並且在最後忘記她這個人。

「人與人的緣分嗎……」

「嗯？」

「沒事。換句話說，沼地現在下落不明？」

「嗯。形容成下落不明也太誇張了，如果真要找她，我可以試著從舊識人脈詢問沼地以前的隊員……不過那裡是國高中直升的運動升學學校，就某種意義來說，因傷退出的選手是禁忌，他們肯說嗎……」

「不用了，謝謝，不需要做到這種程度。沒什麼，只是因為我昨天看的小說有個同姓的角色，才忽然想起她。」

「這樣啊。那個角色是攻還是受？」

「不准斷定是BL小說。總之沒事。」

我回應之後，日傘輕哼一聲，像是接受我的解釋。對她來說，這原本就是閒聊。

不過對我來說就不一樣。

這件事畢竟和怪異相關，我不想波及朋友而中止這個話題，但這樣就傷腦筋了。

該怎麼做……不對，真要說的話，最好的做法就是放棄。

我原本想努力再見沼地一面，但如今也逼不得已。

我至今表現得很好了，別介意。至此告一段落吧。

不會有人因為我沒見到她而困擾。

到頭來，我得再三強調，還不確定我左手復原和她有關，只是我亂猜的。如同脫腳而出的鞋子底部朝上，不構成隔天一定會下雨的理由，或許只是我左手復原的前一天，湊巧遇見懷念的勁敵。

別說「或許」，這個可能性很高。

這種程度的巧合，不無可能。

因此，我可以就此放棄。

可以模仿說書人說聲「可喜可賀」，結束這段故事。

留在內心如同懸空的芥蒂，肯定能由時間幫我解決。

「……呼。」

但是，我做不到。

我即使早就退休，但是曾將人生賭在籃球的我，連骨子裡都植入「一旦放棄，比賽就此結束」的觀念。

所以我無法放棄。不容許放棄。

我一定要見到沼地蠟花。

就這樣，過了一週。

# 015

一週後——正確來說，是得知沼地下落不明的週二算起，五天後的週日，我久違的搭乘電車，離開自己居住的城鎮。

這趟是要參加當地大學舉辦的招生宣導活動。雖然這麼說，但我並不是想報考那所大學，只是陪日傘參加，而且日傘自己也不想報考那所大學，換句話說就是「參加志願大學招生活動前的預演」。即使我不曉得哪所大學何時舉辦的活動才是日傘的目標，但這趟以防萬一的行程，確實符合日傘謹慎的作風。

總之，我還沒明確決定自己的出路，但應該還是會考大學，所以我即使形容得好像是她拉我一起去，但我並非毫無興致，而是和大家一樣，盡情享受名為「大學」的異空間。

此外，即使不是我想報考的學校，能夠親自看見、感受這樣的場所，可以自覺現在的自己是考生，這或許也是一種收穫。

一年後的現在，我究竟會在哪裡做什麼？

……直到不久之前，我未曾清楚描繪這樣的未來，但在左手恢復原狀的現在，要以籃球選手的身分度過接下來四年的青春生涯，並非不可能。

「復出」是現實層面的現實。

說不定，左手恢復原狀是短暫現象，隔天或是第三天就會再度變回猴掌。我依然抱持這樣的擔憂，不過後來這五天完全沒這種跡象。

既然毫無徵兆恢復原狀，即使是毫無徵兆變回猴掌也不奇怪，因此完全不能大意（不過到頭來，我也無從大意或提防），總之我應該可以認定手臂真的恢復了。

所以，確實存在。

選項確實位於我面前。

我擁有選擇權。

我不確定這條路是簡易模式、普通模式、困難模式，甚至是更難的模式，總之我面前出現一條路，能通往我以為無法前往的地方。

我曾經走過卻中斷的路，如今向前延伸。

所以端看我是否要選擇。

我無須太多時間就能抉擇，但在做出這個決定之前，我還是得解決一件事。

沼地蠟花。

我非得和她做個了斷。即使最後得知和她無關也無妨。

要是沒做這個了斷，我實在無法向阿良良木學長或戰場原學姊報告這件事。

就算這樣，要我瞞著這件事，繼續和阿良良木學長以手機郵件討論情色話題，我遲早會達到極限。

討論有極限的情色話題，有其極限。基於各種意義有其極限。

這樣像是對恩人有所隱瞞，招致罪惡感。

雖說如此，這五天之間，我用盡自己能用的手段，還是完全查不出沼地的線索。不可能有這種事。

先不提運動服，她頂著那麼顯眼的頭髮卻完全沒引發傳聞，太離譜了。褪色、不自然的褐髮。

基於某種意義，她肯定比天生金髮的小忍更好找，事實上，我卻找不到她。

如同收起「惡魔大人」招牌的同時，從這個世界退場。

彷彿雲朵難以捉摸……不對，捉摸雲朵或許比較簡單。

實際上，我也有種捉摸蜘蛛的噁心感，所以或許是時候收手了，但我依然死鴨子嘴硬，不肯放棄。（註4）

我也可以找火憐打聽情報，但我將這種做法視為最後手段。我不認為火憐會向阿良良木學長提到我問這種事，何況要她保密的話，有點像是此地無銀三百兩。此外，

註4　日文「雲」與「蜘蛛」音同。

沼地沒做「壞事」，要是找火憐這個正義使者幫忙，我莫名感到內疚。

唔～這麼想就覺得「正義」挺艱深的。因為人們的敵人大多不是邪惡。

但要是維持現狀，感覺只能依賴這個最後的手段……

「妳的工作就是為別人添麻煩。要是有人不會為別人添麻煩，我只覺得噁心。」

在這個節骨眼回想起來的母親教誨，聽起來意義深遠卻沒什麼用。

只像是扭曲的自我肯定。

到頭來，就是那位母親將「猴掌」——將「惡魔之手」託付給我，但她為什麼要做這種事？

不過她（似乎）叮嚀過我不能問。

她沒想過這樣會讓自己女兒的人生留下陰影嗎？沒想過這樣會扭曲自己女兒的人生嗎？不，我不是想把左手的責任推給母親，我至今也始終認為左手的問題，是向惡魔許願的我必須負責。

但我不懂。我真的不懂。

那個人以何種想法，將那隻「手」託付給我——將這種難以處理的遺產留給我？

而且，那條手臂跑去哪裡了？我小學時代使用那隻「手」的時候，「手」在實現願望的隔天回到盒子裡。

這次，我努力挖掘出盒子一看，裡面空空如也。

那麼，惡魔究竟去哪裡了？

「終於見到妳了，臥煙的遺孤。」

我參加完大學招生活動，在速食店和日傘交換今天的感想，簡單做個檢討，在車站和她道別之後（日傘搭電車回去，我要用跑的），看似不祥的男性向我搭話。

該怎麼說，「不祥」這兩個字是他在我眼中的印象，這種形容一點都不具體，但我自信能以這兩個字充分形容這個人。

如同喪服的深色西裝。

留鬍子、髮型是西裝頭，銀框眼鏡後方的雙眼極為黯淡。

他的風貌，如同黑暗具體而成。

我只聽阿良良木學長提過這個人，並沒有實際見過，而且我也只聽阿良良木學長提過他的事蹟，沒聽過他的外型，但我依然一眼就認出這名男性。

忽然現身的這名中年男性，和忍野先生同屆，是怪異專家，更是騙徒，名為……

「貝木……泥舟。」

「喔？」

貝木聽到我叫出他的名字，驚訝地揚起眉毛。

不對，他這個動作很低調，不足以形容為驚訝，和眨眼差不多。

「妳認識我啊……對喔，應該是聽阿良良木或戰場原說的，那就可以長話短說，託福我省得自我介紹，真幸運。我在這次的事情得到一個教訓——沒人知道人與人的緣分，會在哪裡以何種方式派上用場。」

「…………」

我倒抽一口氣，接著背對他踏出腳步。

「喂喂喂，等一下，臥煙的遺孤，我一直在等妳……」

「……！」

我感覺他說著的同時要搭我的肩，因此改為奔跑。我腳上當然是慢跑鞋，我的火箭式起跑如同在地面留下凹陷，第一步就是極速。

手臂恢復至今五天，約一星期，我終究已經習慣左右等重的平衡。

我全神貫注，手下……更正，腳下毫不留情，頭也不回地一鼓作氣擺脫貝木。

「別忽然用跑的，很危險。」

「…………！」

沒擺脫。

而且還被超前。

身穿筆挺西裝加皮鞋的他，踩著激烈的腳步聲，以驚人速度穿過我左側，繞到我面前張開雙手攔阻我。

「唔……」

我以阿基里斯腱幾乎扭傷的力道掉頭，這一次，這次絕對要扔下貝木。

我絕對能將他拋在身後。

剛才肯定是我下意識地手下留情，因為跑步速度是我絕對不容撼動的特質，也是我存在的理由，甚至堪稱我唯一明確的角色定位，但我居然跑輸那個明顯和運動無緣的不祥男性，天底下哪有這種事……

「就說了，別在操場以外的地方忽然跑起來，真頑皮的丫頭……妳這樣真的會跌倒，小心點。」

真的有。

貝木放低重心，輕易反過來將我拋在身後，再和剛才一樣攔阻我。

「…………」

我終究沒力氣再掉頭一次。

硬是驅動身體，使我大腿部位產生劇痛，即使不痛，我還是不得不停步。

假的……一定是假的……

我從小學時代鍛鍊至今的腿力，居然輸給這種……文藝型書生。

完全敗北。

而且我沒有餘地辯解這是長跑，既然幾秒內就被超前，就應該視為短跑對決。

在短跑對決敗北。

這個事實給我很大的震撼，我不是比方，而是真的癱坐在原地。

「喂喂喂，真搞不懂妳這個丫頭。一般來說，會因為被男生追上，再也逃不掉就下跪嗎？我看起來這麼壞？應該吧。」

「…………」

貝木並不是消遣，是以正經至極的語氣這麼說，我沒力氣反駁。

話說……不要緊嗎？

我向「猴掌」許的第一個願望是「想跑得快」，如今有人跑得比我快，這個現實代表的意義是……不對，這部分不要緊。

因為我的左手，已經不是猿猴的手。即使這件事令我內心稍微輕鬆，卻無法緩和這股壓倒性的敗北感。

輸了……

而且是輸給這種騙徒……

這個騙徒害戰場原學姊家庭破碎，害阿良良木學長的妹妹被怪異纏身，惡意甚至波及小忍。我唯一的專長卻完全輸給他，輸到沒有辯解的餘地……

我的內心，差點被自己的不成熟壓垮。

好丟臉，好想死。

這個世界就此終結該有多好……

「真拿妳沒辦法。妳這樣還叫臥煙的遺孤？」

貝木終究看不下去，抓住我的頸子，像是抓貓一樣，或像是抓錨一樣，拉起看著地面不知所措的我。

這個動作也像是受到敵人同情，我好想當場消失。

好想哭。

但要是現在當場任憑這股情緒的驅使而哭，我五天前的嚎啕大哭就像是假的，所以我擠出最後的骨氣，忍住差點奪眶而出的淚水。

「怎麼回事，妳的臉真誇張。」

貝木似乎完全沒有同情的意思，所以完全沒有和善對待的意思，他粗魯說完這番話，很乾脆地放開我的衣領。

「別逃啊。我剛才也說過，終於見到妳了。」他這麼說。「我吃了戰場原與阿良良木的閉門羹，不能前往那座城鎮，所以我從去年夏天一直在這裡等妳離開城鎮。」

「一直在等……我？」

「對。更正，是假的。」

騙徒說著騙徒會說的話，就這麼踏出腳步。他沒抓著我的手，視線也完全沒在我身上，所以這次要是我想逃肯定能逃走——我可沒樂觀到這麼認為。

反倒是正因為貝木確信無論我走掉或跑掉，他絕對追得上我並且攔阻去路，所以他沒抓著我，也沒看著我。

我的腳程和他的腳程，有著如此懸殊的差距。

我不想承認，但這是事實。

「怎麼了？跟我走吧。」

「阿良良木學長他們叮嚀過，遇見你的時候不能和你說話，必須逃走。」

「喔，所以妳剛才拔腿就跑啊……妳的學長姊真親切。但他們沒考量到妳逃不掉的狀況，這部分堪稱不親切。妳應該在這次的事情得到一個教訓——有些事情光是逃避無法解決。」

「…………」

光是逃避無法解決的事情，確實存在。

無法以時間解決的問題，也確實存在。

「別擔心，我不打算欺騙或利用妳，當然也不打算對女高中生毛手毛腳。臥煙的遺孤，我只是有話要告訴妳。只是因為話題內容不適合站在車站前面聊，才邀妳找一間咖啡廳坐坐。原本即使天崩地裂也不可能發生這種事，不過只限今天、只限妳是特例。我會請妳喝杯茶。」

請我喝茶。

當事人這番話毫無虛假，這是他極為罕見，原本絕不可能的讓步。對照學長姊的說法，我很清楚這一點。

「……明白了，我走。我走就行吧？」

我不甘情願地點頭。

非常屈辱，卻逼不得已。

要是這時候沒跟他走，我將永遠敗給他。我討厭這樣。

即使我跑不贏這個騙徒，但我非得以其他方式報一箭之仇，否則我實在沒臉回到我的城鎮，沒臉見阿良良木學長與戰場原學姊。

何況，這個傢伙提到「臥煙」，說我是「臥煙的遺孤」。

臥煙是母親的舊姓。

換句話說，這個人認識我的母親。

# 016

總之，我認為或許是因為我個性很單純，但我會無條件地尊敬跑得快的人。

原因大概是我將「跑得快」視為重要的價值，而且我心裡當然很清楚沒這回事，

知道跑步速度實際上和個性完全無關，但我很自然地，極為自然地，只因為對方「跑

得快」，就覺得對方似乎不是壞人。

再三強調，這種事完全不構成我相信對方品行的理由，我自己很清楚這一點。我不是笨蛋……不對，我是笨蛋，但我明白這一點。這類似所謂的「本性難移」。

所以貝木兩度超越我，我當然覺得不甘心，也想雪恥，但是這部分暫且不提，我開始妥協願意聽他怎麼說，這也是我非得好好認同的事實。

總覺得這樣像是背叛阿良良木學長與戰場原學姊，令我有點……不對，相當過意不去……

貝木帶我前往的地方，怎麼看都不是咖啡廳，是燒肉店。總之，這間店洋溢著高級氣息，不應該籠統形容為燒肉店，或許有更適合並隱含咖啡廳意思的名稱，但我不曉得更適合的用語，只能形容為燒肉店。

「我是預先訂位的貝木。」

貝木一鑽過暖簾就這麼說。

他居然預先訂位。幾時訂的？

準備過於周到，有點噁心。

店員恭敬帶我進入預先準備的包廂（居然是包廂？），而且坐在上位。等一下，神原駿河幾時變成千金小姐了？我頻頻不知所措。

阿良良木學長說我是有錢人，但我只是可以隨意購買想要的東西，有錢的始終是爺爺奶奶，我自認這方面和普通高中生沒有兩樣。

所以我不習慣這種氣氛的店，覺得不太自在。

可惡，宣稱喝茶卻請我吃肉，而且是帶我到圍裙不是紙圍裙的這種高級燒肉店，這個人果然是正如傳聞的騙徒。我硬是以這種想法振奮精神，但也清楚這種想法終究很胡來。

「好了，吃肉吧，吃肉。在燒肉店沒必要點蔬菜，想吃菜去燒菜店就好。交給我吧，我烤給妳吃。」

貝木還沒說完，就夾起剛上桌的肉，接連放在烤爐上。與其說燒烤，感覺更像是只讓表面過火，瞬間暴露在高溫之中。

他喜歡三分熟？

總之，這種店端上桌的肉，應該是可以生吃的等級吧……

貝木依照他「沒必要點蔬菜」的主張，沒點生菜或泡菜，除了肉類，他只點一碗中碗白飯。

他這種主導飯局的掌爐印象，老實說令我不太舒服，但也沒達到不悅的程度。沒有任何事物受害。

換個角度來看，他甚至好像很親切，是在孩子來到不熟悉的餐廳而困惑時，確實幫忙打理一切的大人。

貝木其實很想點生啤酒搭配燒肉吧，但他點的飲料是烏龍茶，或許是在配合我。

我甚至有這種感覺。

可惡。這種傢伙，為什麼看起來像是好人？

「總之年輕時多吃肉。臥煙的遺孤，人類吃肉會變得幸福喔。雖然年輕人或老人的人生都充滿煩惱，不過只要吃到美味的肉，這種煩惱就會全部解決。」

「…………」

別這樣。別對我這麼好。

你明明是我所尊敬學長姊們的勁敵，別講這種話讓我無法恨你。

不過，講這種話也沒有道理可言。他講得像是在說教，其實只是一直勸我吃肉，而且貝木這番話，似乎溫柔撫摸著我現在抱持的煩惱表面。

感謝都來不及了，沒有理由咒罵。

即使如此，我還是不能向恩人的仇敵——貝木道謝。

「請別用『臥煙的遺孤』這種怪方式叫我。」

我頂多只能像是雞蛋裡挑骨頭般抱怨。

「哼，原來如此，妳說得對。但我討厭叫妳『神原』，這不是臥煙的姓。所以我只能叫妳駿河，這樣可以嗎？」

「……比『臥煙的遺孤』好。」

「這樣啊，最近的女高中生真是平易近人，居然允許首次見面的男性叫名字。那麼駿河，快吃肉吧，肉就是要趁熱分勝負。」

「為什麼吃肉和勝負有關？」的想法，和「忽然准他叫我名字確實很不檢點」的想法交錯在一起，在我心中變成更加複雜奇妙的情緒。

不過，我也不能坐視貝木夾到我盤子裡的肉變涼。

肉無罪。

就事論事，恨罪不恨肉。

我說聲「我開動了」，以右手拿起筷子用餐，心想必須找機會傳郵件通知奶奶不回家吃晚餐。

「喔？駿河是右撇子啊，臥煙是左撇子……不對，是因為左手受傷，所以故意用右手？」

「…………」

我沒回答。我沒義務回答。

但他說中了。

不對，正確來說只說中一半。只是因為我的左手變成「猿猴」的手，所以包上繃帶假裝受傷，隱瞞這個事實。我其實是左撇子，卻必須以右手拿筷子，維持左手受傷的假象。

我很快就熟練用筷子，卻花了不少時間練習寫字。我直到最近，才能讓右手和慣用手一樣流利寫字。

不過我的字跡原本就很潦草，所以「和慣用手一樣」也沒好到哪裡去。

……在左手復原的現在，我也沒理由繼續使用右手……不過至少在我包繃帶時，必須繼續使用右手。或許我現在反而不會以左手拿筷子或寫字。

「怎麼樣，好吃嗎？好吃吧？」

「…………」

「喂喂喂，妳這傢伙真不懂禮貌，別悶不作聲吃肉啊。」

「……對你不需要講禮貌。」

「不是對我的禮貌，是對肉的禮貌。肉的意義是生命，別忘記妳正在吃生命。」

「……很好吃。」

既然他拿牛當擋箭牌，我只能這麼說。

我心想這傢伙果然很卑鄙，另一方面覺得依照學長姊們的評判，這個人這時候應該這麼說：『買這些肉的錢來自我的錢包，是我的錢，所以這些肉是我的生命。妳正在吃我的生命，所以不應該露出這種鬧彆扭的表情。』

像是這樣吧？

不過，在我面前板著臉吃肉的貝木本人，完全沒提到錢的話題。

「還想吃什麼肉嗎？」

反而還這樣問我。

看來他依然不准我吃肉以外的食物，不過除去這一點，該怎麼說，他就像是「表面上不太理人，卻很親切的親戚大叔」。

拜託饒了我吧。

請多做一些讓我討厭的事。

例如否定BL小說，或是贊成東京都條例。

不然的話，我無法在心中找到折衷點。

在我擅長的領域正面戰勝我，讓我吃美食，還對我這麼親切，這樣我實在無法繼續討厭對方。我的個性可沒這麼彆扭。

我很單純。

別人對我好，我就想感謝。

「妳高中三年級……所以是考生，看來是為了參加大學招生活動才離開城鎮。這令我回想起來，我也曾經是考生，但我沒花時間讀書備考就是了，因為我從以前唯一的專長就是掌握訣竅……所以沒辦法給妳這個考生任何建議，因為妳看起來不擅長掌握訣竅。總之妳就努力吃、努力用功吧。」

貝木總算講出這種像是親戚大叔會講的話。

「找我有何貴幹？」

我終於主動出言催促。

想詐騙一知半解的人，祕訣就在於「讓對方提問」，所以我這樣或許完全中了對方的計，但要是這個人繼續善待我，我實在無法承受。

「不是有話要對我說嗎？」

「啊啊……哎，也對。嗯，這麼說來確實沒錯。」貝木說完聳了聳肩，像是直到我點明才察覺這件事。「總之，我要辦的事情，算是在這個時間點就辦完了。」

「嗯？」

「駿河，我想妳已經察覺，我認識令堂。」

「…………」

「唔～話說妳去年八月，是不是見過妳的阿姨？名字是臥煙伊豆湖。」

「……沒有。」

我搖頭否定貝木這番話。能夠否定貝木的話語，令我有點高興，卻也覺得這樣的自己很彆扭，陷入自我厭惡。

「那個人在我面前使用另一個姓名。我直到她離開城鎮，才知道她姓臥煙。」

「這樣啊……很像那個女人的作風。」

「我原本以為只是同姓……」

原來如此。原來是這麼回事。

那個人，果然是我母親的妹妹。

雖然看起來不像，也感受不到類似的氣息，但我一直猜測是如此。

「總之，臥煙家的女人大多是怪胎，臥煙遠江與臥煙伊豆湖更是個中翹楚，而且是很好的對比。我和伊豆湖個性不合，但數度受到令堂照顧。」

「…………」

「在我比妳這年紀還小的時候，基於一些原因認識她，和她的關係一直持續到大學時代。總之就像家庭教師？那個傢伙挺身而出，想矯正我擅長掌握訣竅的個性。」

…………

換句話說，貝木和我曾經住在九州的同一座城鎮？

既然這樣，我小時候或許見過貝木。

我首度凝視貝木，但我內心沒有底。

這是我第一次看見的長相。這是我內心唯一的想法。

「當時臥煙拜託我：『要是我有什麼三長兩短，麻煩關照一下我的女兒。』」

「……她對你說過這種話？」

我直覺認為他騙人。

我的母親和父親一起車禍喪生，也就是意外過世。所以她不可能講這種像是預料自己死期的事。

何況，她為什麼將我託付給貝木？不對，即使貝木當時不是騙徒，也不可能把這麼重要的事情託付給大學生。

不，那個人不會計較對方是騙徒或是大學生……連我這個親生女兒，她都視為獨立的個體看待。

無論是怎樣的人，無論擁有何種頭銜或立場，都只評定對方的「個性」。這確實是一件美妙的事，但以這種方式活在人類社會，堪稱有些病態。

實際上，她養育長大的我，就像是受到詛咒。眼前的不祥騙徒也一樣。

因為他至今依然背負著大學時代的母親委託，前來見我。

真要說的話，確實受到詛咒。

「當時我和好友一起從大學輟學離開家鄉，不曉得她之後的狀況，何況伊豆湖學姊是那種個性，所以即使大學加入相同社團，學姊也沒對我透露家世。我最近才知道臥煙過世，並且得知她的獨生女遺孤，由父方的祖父母收養。我聽到消息時懷疑自己聽錯，她不像是會死掉的女性……不對，大概是正因如此而死吧。」

「……所以你去年才前往那座城鎮？」

這麼一來，代表這個人為了我來到城鎮——為了探視我而來到城鎮，並且像是順手牽羊般詐騙女國中生……

「這部分反了，探視妳才是順便。臥煙又沒給我錢，我沒道理做到這種程度，只是不經意順便看看妳的狀況。」

「……………」

我想，他說的應該是真的。

但即使是真的，我的心情也不會舒坦。

何況既然這樣，他今天為何會在車站等我，還請我吃飯？

實在無法只解釋為「順便」……

「……你該不會喜歡我母親？」

「嗯？哼，所以我討厭小鬼，動不動就扯到戀愛。」

貝木如此回應，絲毫沒因為我過於直接地詢問而壞了興致。

「單純到討人厭。妳這種思考邏輯會遭受騙徒詐騙。」

「……可是，你稱呼那個人是『臥煙』。依照你剛才的說法，她認識你的時候，肯定就改姓『神原』。」我儘可能虛張聲勢，抱持著還以顏色的心態這麼說。「不是因為你不想承認她結婚嗎？因為『神原』對你來說是情敵的姓氏……」

「無聊。不過，我可以稍微稱讚妳的觀察力。」他這麼說。「但以妳這種程度的觀察力，或許更容易胡思亂想，更容易受騙上當。」

「…………」

「沒事，大致符合。對，雖然是往事，但我曾經崇拜令堂。」

他頗為明確地、乾脆地承認這件事。

但因為過於明確、過於乾脆，我完全不覺得成功還以顏色，反倒覺得計畫落空。

「她和她妹妹不同，是個好女人。總之，當時我也有自己的女朋友，所以並未和她進一步來往，放心吧。我來見妳的理由，並不是因為我是妳真正的父親，只是在緬懷往事，是回憶。」

他說，這是回憶。

是一文不值的回憶。

……這是謊言。

他並非認為一文不值，但應該真的當成「回憶」。

原來如此。

雖然理所當然，而且過於理所當然，但他和我母親的關係，早已成為回憶。

至於我呢？

我的母親已經成為我的回憶嗎？

「……我像不像母親？」

「天曉得，畢竟我認識臥煙，是大約十五年前的事。真要說像不像，妳們是母女所以應該很像，但我只依稀記得臥煙的長相。」

「你忘記崇拜的人長什麼樣子？」

「所以我是個冷漠的人。何況妳也一樣吧？」貝木如此回嘴，大概是從我這番話感受到責備的語氣。「妳從剛才就以『她』或是『那個人』稱呼臥煙……這是對母親使用的稱呼嗎？妳該不會快要忘掉十幾年前過世的母親吧？」

「………」

不是這樣。

母親反而深刻於我的內心到忘不掉的程度，在我內心生根到不可能分離的程度。甚至會夢見、甚至會幻聽。

深刻於內心。

不過，我從孩童時期──甚至從幼兒時期，就將臥煙遠江稱為「那個人」。將那個人稱為「那個人」。

……不過，如同我原本以為不可能分離的猴掌輕易分離，或許那個人總有一天，也會從我心中切離。

我不可能知道貝木昔日和母親真正的關係，但他似乎將其完全咀嚼吸收。

「至少妳母親不會像這樣從各方面思考。我剛才說妳很單純，但臥煙或許比這附近的小鬼更單純。思考方式太單純，導致周圍擅自撲空。這麼說來，那個女人說過這種話：『思考只會浪費時間，人生用來思考的空檔連一秒都沒有。』她在這方面的想法無法和我相容。」

「…………」

貝木說出那個人很可能會說的話語，使我確定貝木至今依然不討厭那個人，也確定他請我吃燒肉的善意明顯衍生於此。他看待我的時候，「她的女兒」這個身分不是主要，是次要。同時我也確定，他這份善意已在他心中完結。

並不是想騙我，也不是順便來看看我。

我果然可以將他這部分的說法照單全收。

他和極為平凡的人們一樣，只是在翻閱相簿。

……我遲早也有這一天嗎？

曾經喜歡的人、沒能實現的心意，是否總有一天能化為懷念的回憶？

笑著述說昔日失意或失戀的日子，總有一天會來臨嗎？

「人會改變。小時候喜歡的玩具或布偶，也遲早會厭倦吧？不，形容成『厭倦』有些過分，應該形容為『畢業』。」

「畢業……」

「總之無論如何，駿河，很高興看到妳這個臥煙遺孤過得很好。妳的左手其實也不是受傷吧？」

……他使用的語氣過於平凡，使我數秒才發現這句話說穿我隱瞞一年多的祕密。

貝木在這數秒從西裝上衣取出名片盒，從中取出一張紙片遞給我。

「差點忘了。」

我正要接過去時，貝木說著又暫時收回名片，取出胸口鋼筆在名片書寫，然後再度遞到我面前。

名片在烤爐上過火。

仔細一看，「捉鬼大師」這個頭銜被畫線刪除。

「捉鬼大師　貝木泥舟」。

底下是兩個電話（手機）號碼，以及兩個郵件地址（Gmail與手機郵件地址）。

「這是……？」

「我想應該沒這種機會，但遭遇困難就聯絡我吧。我姑且和那個女人約定過，會關心妳一下。」

「……想騙我？」

我反射性地這麼說，其實完全不這麼認為。但我還是不由得這麼說。

「如同戰場原學姊那樣？」

「不，我不會騙妳。」

他明確告知。

這也是騙徒常用的說詞，激發我的反抗心，但既然他這麼說，我也不多說什麼。

「駿河，看來妳很尊敬學長姊。妳要是沒這樣綳緊精神繼續討厭我，要是無法維持這份否定我的態度，會覺得自己沒誠實面對自己最喜歡的學長姊。」

「…………」

貝木這番話，像是看穿我的內心。

「但妳做不到。我沒騙妳，也不打算危害妳，所以妳無法討厭我。」

「…………」

「如同妳喜歡的傢伙不一定喜歡妳，妳討厭的傢伙也不一定討厭妳，甚至不一定被妳討厭。」

「是這樣嗎……」

「就是這樣。要是以為我會乖乖繼續當個討厭的傢伙，妳就大錯特錯。我還可以換個說法。假設妳尊敬某人，肯定有人對妳尊敬的這個人恨之入骨。阿良良木與戰場原應該是妳心目中的英雄，即使如此，也不可能沒有任何人不講理地討厭他們。」

「…………」

「可不是漫畫之類的角色啊。沒有人只會惹人討厭，沒有人是完全的反派。沒有人以任何角度都是相同個性，沒有人在任何時候都是相同個性。妳似乎擅長跑步，但妳並非總是在跑步吧？妳會走路，也會睡覺，這是同樣的道理。我非常愛錢，卻也會花錢。即使沒抱持特別的情感，偶爾也會善待他人。」

貝木說到這裡揚起嘴角。這表情可以解釋為自虐的笑，但我不知道他的真意。

總之到頭來，就是這麼回事吧。

如同我將跑得快的人無條件地視為英雄，人們大多認為能力強的人也具備優秀的人品。

但實際上沒這麼單純。

封為偉人的人，私下卻虐待子女或亂搞男女關係，這是常見的狀況。

而且相反的狀況也可能發生。眾人視為壞蛋厭惡的人，或許在家裡是好爸爸或乖女兒，甚至還有守財奴極盡暴虐之能事之後，將賺來的錢大多用在家鄉的慈善事業。

壞事可能在另一方面拯救他人，惡意也可能是為了他人著想……不，不對。沒必要以這種人性論點擴大問題。

只要這麼說就好。

**我討厭的人，也有朋友；我討厭的人，也有他人喜歡**。

要是無法認同這個公認的事實，大概沒辦法踏入社會。

是的。這個人傷害我最喜歡的學姊、傷害我所尊敬學長的妹妹，卻絕不傷害我。

即使我講道義站在學長姊這邊，再怎麼試著討厭他，他也繼續親切地對待我。

貝木繼續講道義，站在我母親那邊。

他是學長姊的仇敵。對我來說，卻是親切的大叔。

「遭遇困難就聯絡……嗎……」

「對，大致上，我可以幫妳詐騙任何傢伙。」

「……如果是這樣，我真不想聯絡。」

遭遇困難。

這四個字令我聯想到「惡魔大人」——沼地蠟花。現在下落不明、行蹤不明的女生——沼地蠟花。蒐集困擾、蒐集煩惱、蒐集不幸的女生。

「總之，我接受你的好意。」

我說完從他手中搶過名片，刻意粗魯塞進口袋。這是我唯一能做的抵抗。

原本我不應該收下才對，必須以學長姊的道義為優先。或許應該就這麼把名片放在烤爐鐵網燒掉。

但是貝木遞給我的不是對我的好意，是對我母親的好意，所以我非得收下。

無論是好意、親切或是任何情感，我都只是處於仲介的角色。

「怎麼回事，妳吃肉的動作停了。總之就是肉、肉、肉肉肉。給我依照牛、牛、豬、雞、牛、牛、內臟、內臟的順序吃。妳有點瘦，多吃肉長胖一點。」

「……我的體質天生不容易長肌肉或贅肉，我到頭來不擅長運動，是個瘦小的少女，我原本是跑很慢的孩子……」

我回憶剛才跑步輸給貝木的光景這麼說。

是的。所以我向「惡魔之手」許願，而且淪落到得自己實現這個天大的願望。所以這雙腿是我的財產，也是罪惡的證明。

算是「優點也可能從失敗中誕生」的例子嗎……

「哼，看來妳真的不甘心跑輸我。畢竟我國中與高中都加入田徑社。」

「田徑社……」

我完全看不出來。

人不可貌相，人的過去更不可貌相。

「對了，不然傳授我自己發明的跑法給妳吧？叫做『貝木式跨步』。」

「……這就免了。」

即使是親切的提議，再怎麼說也過於屈辱。此外，我終究不能使用名稱如此丟臉的技巧。

「何況我加入的不是田徑社，是籃球社，而且退出了。」

「對喔，戰場原才是田徑社。」

「…………」

「不過，我雖然加入田徑社，我卻專攻鉛球。」

貝木說出這種不曉得是玩笑話或真話，像在打馬虎眼的話語（聽他這麼說，總覺得他加入田徑社也是騙人的），接著繼續說下去。

「如果不需要拜託我，確實別拜託比較好。但與其拜託『猴掌』不如拜託我。」

「咦……」

「妳的『母親』將『猴掌』的木乃伊託付給妳吧？」他說得理所當然。「我要預先警告以防萬一，絕對別使用那個東西。不久之後，應該有回收業者出現在妳面前，到時交給那個傢伙處理。」

「回收業者……？」

「對，也就是所謂的收藏家──『蒐集家』。」貝木說。

他說「蒐集家」。

「**有個傢伙在蒐集惡魔全身上下的部位**，那個傢伙肯定想搶妳的『猴掌』。我不把話說得太難聽，要是那個傢伙出現，就趕快交給他。」

「……好。」

我點頭回應，並且看向左手──不久之前正是「惡魔之手」的部位。

而且，那個東西，已經被「奪走」了。

「明白了。要是收藏家出現，就把那個人託付的『手』交出去，這樣就行吧？」

「看妳莫名率直的樣子，該不會早就扔了？那也好。好啦，看來妳要是看著我的陰沉長相，就會食不下嚥的樣子。」

貝木講得像是有所自覺，同時取下圍裙起身，從錢包取出數張紙鈔放在桌上。

「我要走了，之後妳慢慢吃吧，再給我加點兩三盤。只能點肉，要吃肉，肉。」

貝木道別之後，沒有依依不捨的樣子，平淡地準備離開包廂。

「等一下……」

他的態度，使我不由得叫住他。

貝木轉過身來。

雖然不經意叫住他，但我並非想問話，更不是想和他繼續一起用餐增加罪惡感。

不過，我不知不覺，叫住了他。

「……那個，唔……」

「什麼事？怎麼啦，愛上我了？」

「…………」

「我開玩笑的。妳真正經。」

「……大家都像這樣，說我是個正經的人。」我聽到貝木這番話，像是抱怨般輕聲回應。「我真的討厭這樣。」

「喔？『正經』基本上是稱讚的話語吧？」

「這種高估的評價，我擔當不起。我是笨蛋、是蠢貨、是小丑。『正經』這兩個字真的不適合我。」

「是這樣嗎？」

「就是這樣。何況我很卑鄙。」

我是卑鄙的騙子。

仔細想想，我沒資格批判貝木。我宣稱受傷，欺騙值得信賴的隊友們而退休。

無論怎麼想，這都應該是罪過。

「就我來說，正經與卑鄙不一定誓不兩立。總之無論妳正不正經，這種事一點都不重要。所以是什麼事？為什麼叫住我？」

「那個……對了。」

我摸索腦袋，總算想到該問的問題，好不容易化解尷尬場面。

「你為什麼知道我今天會出現在那個車站？為什麼能在哪裡埋伏等我？」

「聽妳朋友說的。」

回想起來，這只是我為了化解尷尬場面的詢問，深思卻發現這應該是我一開始就該問的事情。非得憎恨貝木的心情搶先湧現，使我完全忘記這份異樣感。

但這個問題對於貝木來說，似乎是「我問就會回答」的不重要小事。

「朋友……？所以是日傘說的？」

「日傘？」

帶我參加大學招生活動的是日傘，所以提供貝木來源的朋友只可能是她，但我很難想像自稱怕生的她和貝木有交集，何況貝木的反應像是第一次聽到日傘這個名字。

「那個丫頭不叫這個名字。」

「……不然是怎樣的名字？」

「沼地。」貝木這麼說。「沼地蠟花。對，記得是這個名字。」

# 017

即使全身沾上的味道來自高級燒肉也一樣，我一回家就洗澡。仔細清洗頭髮與身體，接著泡入注滿熱水的浴缸。肩膀以下……不對，頸部以下都浸入水中。

和籃球時期比起來長很多的頭髮，我泡澡時沒綁起來，所以像是海藻般漂浮。

沼地為何和貝木有交集……我不曉得，也沒問。或許貝木知道沼地的去向，但要是問這個問題，就非得提到「惡魔大人」與「左手」的事。

我覺得，對他公開情報到這種程度很危險。

即使貝木泥舟在我眼中再怎麼像是「親切大叔」，完全信任他依然很危險。就算我不會有事，也無法保證不會波及我身邊的人。

「不過……比起貝木，我更在意提供這個情報給貝木的沼地……」

她為什麼做出這種事？基於何種目的？

她以自己的方式，察覺我正在找她？

無論如何，我顧不了那麼多了。無法繼續故作鎮靜。

不死心地拚命尋找之後，要是找不到也無妨。我至今內心某處或許還是這麼想，但看來我得脫離這種運動員精神。

事已至此，不需要講求公平競爭，需要的是全神貫注，無論如何都要和她了斷的氣概。

這份心情或許包含短跑輸給貝木的情緒宣洩，既然這樣，乾脆就當成這麼回事。

我苦吞那場屈辱的敗北，是因為她將我外出的情報提供給貝木，這是千真萬確的事實。

我進行半身浴……更正，進行全身浴約三十分鐘後出浴，把毛巾當成頭帶綁在頭上，簡單擦拭身體，赤裸穿上浴袍回到自己房間，打電話給火憐。

「火憐妹妹，我有個請求，可以聽我說嗎？」

我提出要求之後，火憐瞬間回以像是詫異般的沉默。

「嗯，好的。」

但她立刻答應。

我這麼做像是在利用她的信賴，令我莫名地內疚。因為這件事和「正義」完全無關，是我的私事。

「有個叫做沼地蠟花的女生，應該住在這座城鎮，可以幫我找嗎？」

「可以啊。」

她下定決心之後似乎就不再迷惘，很乾脆地允諾。

嗯，她的個性真令人擔心。

哥哥，要保護她喔。

不過，最嚴重威脅她安全的人，或許是哥哥。

「她就讀的國中是……」

我提供自己所知的所有資料。包含原本知道的情報，以及這週蒐集的情報。

「明白了。有這麼多情報，交給月火一下子就找得到。我看看……這樣好了，我明天通知您。」

「明天？慢著，不用這麼急……」

「要求月火別急反而很難，因為那個傢伙最近有點急性子。明明以前悠哉到像是有不死之身，為什麼會這樣？」

「是喔……」

我不清楚。我不太清楚月火的事。

何況我很少見到她。

「明白了，總之拜託妳了，我一定會好好謝妳。」
「小事一樁喵，改天再陪我玩就好！」
火憐以開朗語氣這麼說。可靠又窩心的回應。
我差點愛上她。
「謝謝。」
我率直道謝。
可是，我託付前火炎姊妹的這個任務，後來是徒勞一場。
不，以結果來說並非徒勞。
她們確實幫我查明沼地的情報。
這方面或許得說不愧是阿良良木家的血統，不過從極為短視的層面，本次故事不需要這個委託。
因為，我在隔天的週一，居然在學校教室見到沼地蠟花。

# 018

「我之前就學的時候，覺得那些直呼班導名字的學生毫無教養可言。明明是小鬼卻裝成熟，假裝和身為社會人士的老師們立場對等，我覺得他們很丟臉。我強烈認為非得以『老師』稱呼老師，所以無論周圍怎麼稱呼，即使是感覺再差的老師，我依然會稱呼老師為『老師』，認為輕易叫對方的名字很沒禮貌。我覺得這樣的我是懂禮貌的好孩子。」

隔天早上，我進入差不多開始習慣的新教室——三年級教室一看，教室裡只有沼地一人，而且她可恨地交疊雙腿，理所當然般坐在我的座位。

模仿忍野先生的說法，就是「等得不耐煩了」。

我今天並非很早上學，何況我早上行程很多，上學時間通常比普通學生來得晚，今天也不例外。

然而，教室裡除了沼地沒有別人。

是沼地趕走的？不，要是沼地這種看起來明顯是局外人的女生占據教室正中央，基本上盡是內向草食系室內派的直江津高中學生，就會當成這裡設下結界，不會踏入教室半步。

即使是我，要不是認識她——要不是沒有上次那段緣分，我可能也會轉頭離開。

與其說染髮，更像是折磨自己頭髮做為懲罰的那頭粗魯褐髮，具備此等力量。

俗話說，君子不履險地。

不過在這種狀況，我該引用的格言或許是「不入虎穴焉得虎子」才對。

「但我現在重新思考認為，以名字稱呼對方的那些孩子，或許意外地正確。先不提禮貌，我認為他們是對的，認為他們不是從立場，是從個性認知對方。我只是有禮貌，卻不正確。因為我曾經稱呼為『老師』而尊敬的那些人，如今我忘得乾乾淨淨，不曉得他們叫什麼名字。國文、數學、理化、社會……工藝、家政、音樂、體育。我始終只把所有老師當成老師，沒理解到他們也各自擁有自己的生活。」

「…………」

「即使國中和高中有所差別，我久違來到學校依然這麼想。總之神原選手，這是我的感想。」

沼地說完緩緩聳肩，拿起靠在桌旁的拐杖，同樣以緩慢動作起身。

「……妳為什麼在這裡？不對，不能這麼問……」

我混亂地詢問沼地。對，混亂。因為我直到昨天怎麼找都見不到的「惡魔大人」居然位於眼前，而且位於完全屬於我領域的學校教室。

感覺像是真的遇見惡魔。

「……妳來做什麼？」

「當然不是湊巧經過這裡吧？避人耳目溜進學校的潛入任務，花了我不少工夫。嗯，我當然是來見妳的，因為我覺得妳或許想見我。」

「……也是。」

我再怎麼努力，依然只能含糊回應。

我暗自以為昨天向火憐提出的委託這麼快就奏效，但應該不是這麼回事。

再怎麼樣也太快了。

所以正如沼地所說，我上週的行動，不曉得以何種形式傳到沼地耳裡，使得她今天主動來見我。

可是，她為何來見我？為什麼？

我滿腦子混亂。

「神原選手，怎麼了？」沼地如此詢問。「妳不是有事想問？所以我才像這樣，親切地親自跑這一趟喔。」

沼地說著刻意抬起腳——抬起包著石膏繃帶的腳。

做作。引人反感。

「……我想問的事，已經不用問了。」

「嗯？」

「因為我親眼看見……妳的『左手』。」

我伸手指著她。

指著沼地蠟花同樣包上石膏繃帶的左手——從寬鬆運動服袖口露出的前端。

這是上次沒包的繃帶。

難道她在那天之後出車禍骨折？

不，這種假設才是做作又引人反感。

若要刻意提出沒必要提出的證據，就是她以包石膏繃帶的左手拄拐杖。

若她真的骨折，她不可能做得到這種事。即使做得到也不會做。

所以，答案只有一個。唯一的一個。

**「妳……搶走我的左手吧？」**我說。

「這是在幫妳回收。不對，應該說蒐集。」

沼地說完，一副不把這段對話當一回事的樣子，從運動服口袋取出口香糖。

不是片裝，是罐裝口香糖，看來她把整個罐子塞進口袋，大尺寸的運動服才做得到這種事。

她打開蓋子，倒出六顆到手心，就這麼扔到嘴裡大口嚼。

真豪邁。

「要嗎？」

「不要……」

「這樣啊。」

我拒絕沼地的邀請，她隨即有點遺憾，卻沒有明顯依依不捨，將罐子收回原本的口袋。

這些動作，都是以左手進行。

雖說是石膏繃帶，但她露出的指尖只包普通的繃帶，所以能正常使用。

「什麼時候？妳究竟什麼時候搶走的？」

「在妳被我摸胸部摸得很舒服的時候。不過我當時只是預先做準備，應該是隔天才生效。」沼地說。

她的推測完全正確，但是下手的當事人猜中生效時間也沒什麼了不起。甚至像是驕傲述說犯行的真凶般滑稽。

「喂喂喂，神原選手，為什麼瞪我？妳向我道謝也不為過吧？因為我解決了妳煩惱的源頭，也就是左手。」

「我哪裡說過左手是……」

「妳敢說左手不是妳的煩惱？看過我的腳，露出那種無法言喻表情的妳，敢說這種話？」

「…………」

我當時究竟露出何種表情？

當時我看到勁敵重傷被迫退休的腳……等一下？

「……喂，那妳的左腿是怎麼回事？難道妳的左腿也……」

我任憑內心想到的可能性脫口而出，並且在同時得出「不可能」這個答案。因為沼地和我（所說的謊）不同，是在比賽時受傷。

換句話說，那是眾目睽睽的意外，無從說謊。

她的腳是真的報廢。

即使如此，她實際上真的像這樣搶走我的手……即使那不是我的手，但她搶走了惡魔之手，所以我視她為貝木提到的「蒐集家」，並非強詞奪理的見解。

雖然有種異樣感，但這肯定是暗藏解答的異樣感。

「貝木他……」

我明知絕對不應該當著沼地的面詢問，卻如此詢問。

「不知道妳是『蒐集家』吧？」

即使如此，我的語氣依然像在試探，這是我僅有的志氣。我認定沼地正是貝木所說的「回收業者」而如此詢問。

不過仔細想想，既然沼地已經承認奪走我的左手，我根本無須試探。

「原來如此，你們昨天順利見面吧，太好了太好了。」她就只是說出如此輕鬆的感想。「沒有啦，那個騙徒確實知道我的真實身分，因為我和那個傢伙交情還算深，打交道的時間還算久。他是個怪人。我不是指詐騙技術這方面，而是他無論何時、面對什麼樣的人，在提供自己所知情報的時候，肯定只提供一半。我也搞不太懂他秉持的主義，但那個傢伙總是希望成為『善意的第三者』，或是得到任何情報都會先『保留』下來。他似乎不想成為故事的關鍵角色，別說配角，他只堅持擔任幕後角色。他知道我的真實身分，甚至也察覺妳的手臂已經被奪走吧，但他不會說出口。我不知道個中原因，與其說是原則，或許更像是一種避諱。」

「…………」

只說出一半的想法。

老實說，我無法理解這種主義基於何種根據，但我並非無法接受這個恐怖的系統化機制。

我之所以這麼說，是因為這樣才符合阿良良木學長與戰場原學姊所述說的貝木形象。他們兩位異口同聲表示，他是個莫名捨不得提供情報的傢伙。

原來如此。所以在昨天，那個傢伙也捨不得提供情報。

總之，以此認定他欺騙我也難免有些牽強，但是想到那個人果然是天生的騙徒，我就神奇地鬆了口氣。

不過，原來如此。

所以沼地果然是「蒐集家」。這麼一來……

「妳把我昨天參加大學招生活動的行程告訴貝木，是基於什麼意圖？幸好沒發生任何事，不過當時發生任何事都不奇怪啊？」

「但當時沒發生任何事。沒發生吧？」

「這是結果論。」

「講得好像有什麼東西比結果還重要……沒有啦，因為我聽貝木提到妳的事，知道他想見妳，卻基於某種原因見不到。路見不平當然得拔刀相助吧？」

「真敢說。」

「開玩笑的。」

「總之，妳的意圖不重要，但妳用什麼方式知道我參加大學招生活動？要是妳沒告訴我這一點，我會有點毛骨悚然。」

「因為我擅長蒐集傳聞。」

「…………」

這傢伙老是在打馬虎眼，對話無法成立。

既然這樣，我只能切入正題。

「沼地……妳不是只在蒐集不幸嗎？不只是不幸，妳甚至還蒐集惡魔？我不懂，妳為什麼要做這種事？」

「我今天來到這間聰明人聚集的學舍，就是要說明這件事。神原選手，放學之後有空嗎？」

「……有空。」

我如此回應。

即使沒空，我應該也會回答有空。

「那麼放學後，我在體育館等妳。預備鈴差不多該響了，我就暫時撤退，到那裡再好好談吧。」

我不懂她為何指定「學校體育館」這種公共場所，若她在意他人耳目，幾乎不可能選擇放學後會進行社團活動的體育館，但她如此果斷地主導行程，令我無法計較。

她畢竟是會闖入教室的女生，應該會想辦法解決人多的問題。

現實上，或許她只是想先在體育館會合，再換到其他地方。

為了再度好好談。

為了和我好好談。

「好吧……我到時就聽聽妳怎麼說。」

「嗯，我會說給妳聽。而且我也想聽妳說這條手臂的事。」

她說完接近過來，將左手伸到我面前。

將不久之前還是我左手臂的那條左手臂，伸到我面前。

如同要扔回給我。

「……？怎麼回事？妳無論如何，都想聽我左手的事？」

「那當然。」

沼地緩慢露出笑容，以隱含偏執的語氣這麼說。

「寶貴得不得了的收藏品，肯定具備相應的來歷吧？」

# 019

沼地一離開教室，班上同學如同在走廊等待已久般紛紛入內。

與其說「如同」，我更懷疑他們真的如此，如果是這樣，看起來就很危險的人物和我交談時，他們居然只是在走廊遠觀，我認為這也太冷漠了。但實際上並非如此，大家湊巧都在今天晚出門，趕在遲到之前抵達教室。

說來離奇——說來奇妙。

如同預先安排的巧合。

這令我聯想起一個耳熟能詳的傳聞：某間教會在舉辦彌撒的時間遭到雷擊失火，平常總是嚴守時間的信徒們，當天卻湊巧基於不同的原因遲到，因此無人受害。

不過，把這件事和教會事件相提並論，我會遭天譴。

因為如果這個巧合是預先安排的，主導者就不是神或天使，是「惡魔大人」。

這已經不是單純招攬客人的招牌，至少她的左手已經化為惡魔之手。

而且，她的左腳或許也……

「駿河，看妳一副陰沉的樣子，怎麼了？」

「日傘……」

好友一如往常充滿活力現身，我終究不能告訴她，昔日交戰的對手剛才來到這間教室。

何況這名對手如今判若兩人，包括外表與內在都淒慘變貌，甚至不能稱為人類。

「……沒事。不提這個，昨天的大學招生活動，我逛得很開心。雖然目標不是那所大學，不過我現在很嚮往上大學。嗯，接下來得努力準備考試才行。」

我就像這樣岔開話題，日傘應該覺得我這樣強硬轉移話題不對勁，但她基於友情發揮了無視技能。

然後，今天的課程在我的體感之下，眨眼結束。

放學後，我前往體育館。

沼地蠟花在沒有其他人，如同空洞的體育館獨自等我。

本應支撐傷腿的拐杖放在地面，正常以雙腳站立，而且本應拄著拐杖的石膏繃帶左手，以輕快的節奏運著籃球。

她在等我。

沼地蠟花在等待神原駿河。

「來場一對一好嗎？」

沼地沒打招呼就這麼說。

原來如此。

就是因為這樣，所以沼地指定在放學後見面的地點不是別處，而是體育館。附近有籃球場的地方，只有學校體育館。

而且她和早上一樣讓所有人迴避，做好周全的準備。例如排球社、羽毛球社，當然也包括籃球社，所有人肯定會各自以不同理由遲到。

所以，我如此回答。

這時候不如此回答的人，不配當籃球員。

「好。」

# 020

我昔日被稱為率領直江津高中女籃社打進全國大賽的最大功臣而聞名，所以我這麼說應該會招致些許誤解，像是扇學弟可能會失望，但是極端來說，我隱約認為籃球這種運動沒有勝負可言。

這種論點不只極端，應該達到粗暴的程度。

或者不配成為論點。

但我並不是為了標新立異，為了假裝自己是超越一般水準的選手而說這種話。這是我的真心話。

該怎麼說，打得越久、打得越投入，我越覺得這種運動沒完沒了。

感覺沒有勝負可言。

有比賽當然就會分出勝負，但我覺得這和真正的「勝負」不太相同。

我感覺到的，應該是一種現實。無論是男生或女生，沒有任何選手的射籃命中率能達到百分百。

有人說，打籃球最重要的是搶籃板，這種說法尤其意味著沒進的球何其多。

沒有球員是刻意為了落空而射籃，相對的，防守球員會全力阻止進球。

這樣導致射籃是否成功端靠機率，即使是相同方式的射籃也可能沒進。

對，靠機率。

各球隊當然確實有強弱之別，但是追根究柢，如果兩隊都超越某種水準，他們的比賽就是由命運左右勝負。

運氣好的一隊獲勝、運氣差的一隊落敗。

我不知何時開始這麼認為。

我不認為有人願意理解我這種意見，同樣是籃球員的人（例如日傘）聽我這麼說或許會生氣，不過實際上，我至今贏過實力明顯高於己方的球隊，反之亦然。

這就是所謂「比賽的流向」。

這種說法有點美化現實，所以我想形容為『誤打誤撞』，進一步來說，我想形容為『僥倖』。

這麼一來，先不提觀眾看來如何，站在比賽球員的立場，勝負兩方沒有太大的差距。因為或許只要比賽流向稍微不同，就能輕易顛覆戰局。

而且不只籃球，運動項目或許大多如此。用來鍛鍊技術的練習時間才是重頭戲，比賽始終只是附屬品，就像是用來試手氣的活動。

把練習當比賽，把比賽當練習。這番話或許應該直接從字面解釋。

所以我一年級在全國大賽敗戰的時候，老實說，我沒有非常不甘心。

當時有學姊哭了，但我不認為我們球隊不如對方，換句話說沒感覺到「輸了」。

如果是在比運氣的遊戲因為運氣差而輸，我就會不甘心（阿良良木學長曾經消遣這樣的我），但是在比籃球功力的遊戲因為運氣差而輸，我沒道理懊悔或感到丟臉。

就是這種感覺。

這種價值觀的根基，在於我原本以運動員身分鍛鍊體能的契機是「跑步」。

是田徑項目。

該怎麼說，這種比賽沒有「流向」介入的餘地。

不會出現誤打誤撞的狀況，也沒有僥倖。

快的一方獲勝、慢的一方落敗，這是完全靠實力的比賽，沒有巧合的要素。

總之，我未曾加入田徑社，之所以沒這麼做，在於我認為自己這種不服輸的人，不應該進入這種「勝負」明確的世界。

因為我不曉得，落敗的我會做出什麼事。

到頭來，我這種人不適合戰鬥。

冗長說了這麼多個人觀點，簡單來說，我只把籃球當成純粹享受樂趣的運動，這就是我想表達的意思。

完全不包含負面情緒，能夠由衷享樂的運動。

若有人批判這是侮辱籃球運動，是不正經的態度，我也只能低頭致歉。

如各位所見，我是不正經的人。

因為，我即使和感情絕對不算好的沼地一對一，我也會忘記一切。

忘記惡魔大人的事，忘記惡魔之手的事。

極為正常地沉迷其中。

我們目不暇給地反覆轉換攻防專心打球，甚至懶得去翻計分牌。

總之，計算得分應該是沼地贏，計算內容是我贏。我們在最後達到這個共識。

沼地好歹也算是穿運動服，相對的，我身穿制服。即使存在著這種不利要素，實際上卻等於沒有影響，至少沒有意義。

不曉得沼地是怎麼做到的，她包上石膏繃帶的左手與左腳，能夠以正常方式驅動（依照我的經驗，「惡魔」部位的力量遠超過常人，所以「以正常方式」這種說法或許是錯的），即使如此，包裹傷肢的石膏繃帶實在礙事，使她的打球動作產生瑕疵。

甚至我只要進攻她的左側，或者是專心防守自己的右側，就更容易戰勝她。

但我經常在射籃的緊要關頭被阻止，所以沼地的得分果然在我之上。

沼地蠟花即使經歷一段空窗期，她的泥沼防守依然存在。

這麼說來，沼地還在打球的時代，她的球隊雖然強，卻秉持「沒輸就是贏」的偏差價值觀。

沼地看起來在隊裡很另類，但她或許出乎意料是這種價值觀的產物。

到頭來，她飾演「惡魔大人」蒐集不幸的這種行徑，或是認為煩惱會隨著時間失效的縱向思考，也可以視為這種價值觀的表徵。

說來無奇。

她這個人即使受傷退休，即使轉學並自暴自棄，或許她現在依然是籃球員。

「灌籃不就好了？」

不顧一切地攻防約一小時，我終於精疲力盡，同樣精疲力盡的沼地對我這麼說。

「妳在一對一的比賽用灌籃，現在的我就無從阻止。」

「……我其實不喜歡灌籃。」

「嗯？是嗎？」

「在我心目中，那是犯規。」

形容成「犯規」或許太過火，形容成祕技或王牌比較合適吧。

不過，全日本能灌籃的女高中生大概只有我，這麼一來，我實在無法不認為這是犯規，在比賽時很少用。

若是依照機率、流向的說法，灌籃是直接把球按進籃網，所以成功率百分百。

我捨不得使用灌籃，果然是因為我想避免所謂的「勝負」吧。

「總之，那是街頭籃球風格。是比起比賽結果更重視取悅觀眾的打法。」

「是喔，不過我這種矮冬瓜很羨慕，覺得是很漂亮的技術。」

「我又不是什麼長人。」

「是嗎？但我覺得妳身高比國中高……像我在國一就停止成長。」

這麼說來，沼地的身高確實從國中就連一公分都沒長高。

我只注意到她的髮色，判若兩人的印象很強烈，但要是她頭髮染回黑色，再穿上當時的隊服，或許輕易就能恢復為現役時代的她。

……應該沒這回事。

她這三年踏上的歧路，不足以令她回到那個時代。即使她本人沒變，生活方式也改變過度。

我也沒資格說別人，但我至少沒在蒐集「惡魔」的部位。

未曾染指這種引人反感的收藏品。

左手、左腳。

以石膏繃帶包覆的，應該不只是這種表面的東西。

「如果能向惡魔許願……」

沼地這麼說。

玩弄著相對於嬌小身軀有點大的籃球這麼說。

「我就許願長高吧？」

「…………」

「不對，我要是許這種願望，那個愛哭的惡魔，或許會殺光我身邊比我高的人，藉以讓自己的身高相對地變高。」

沼地語帶玄機對我這麼說。

「神原選手，妳會許什麼願望？」

「……我不太想說。」

「喂喂喂，神原選手，我們不是以這個東西盡情交心了嗎？」沼地將籃球滾過來給我。「事到如今還須隱瞞什麼？」

「話是這麼說……既然這樣，沼地，妳也要發誓對我毫不隱瞞。」

「好啊，但妳要我說什麼？」

「說妳三年來做過的事。」

「我記得上次說過了。」

「包含上次沒說的事。」我將球滾回去。「包含妳的左腳，以及左手。」

「好啊。」

沼地乾脆地點頭。

乾脆到掃興。

「不過，妳先說。」

「…………」

「妳說完妳的經歷——我所接管這條左手的來歷之後，我會按照有趣程度，說出我的經歷……神原，妳有喜歡的男生類型嗎？」

「我很少想這種事。」

「啊……這麼說來，聽說妳有點百合傾向。」

「我不會說這是空穴來風。但我也喜歡男生，喜歡個子小又溫柔的男生。」

「這樣啊。我到了這個年齡，也有喜歡的男生類型喔。」

沼地明明和我同年，卻說出這種老人會說的開場白。

「不再重視外表與個性。對方至今度過的人生，對方的履歷或來歷，才會成為我區分好惡的分水嶺。我希望這條左手的來歷令我覺得有趣。」

「……別期待我說出多麼有趣的事。」

沼地莫名拐彎抹角的說法，使我有些不耐煩地回應。

「總覺得他人經常誤解，但我是極為乏味的一個人。」

是的。我的特徵不是有趣，是表裡不一。

# 021

實際上，我的經歷不有趣。

此外，我也無法斷言自己清楚掌握那條左手的來歷。因為正如貝木所說，無論那是「猴掌」還是「惡魔之手」，我只是從母親那裡繼承那條手臂。

母親。

若形容我是「臥煙的遺孤」，那麼收藏在桐木盒子，像是乾燥木乃伊的那條破爛左手，就是唯一的遺物。

母親遺留給我的東西，只有那條左手。

想到這裡，我也會感到悲傷。

既然這樣，乾脆別留給我任何東西比較舒坦。

騙徒貝木的怪異知識，或許是我母親傳授給他的，但母親卻沒教導我任何事。

也沒教導我如何使用猴掌。

如果我知道是那種道具，我應該不會使用……啊，不對，這是藉口。

我即使知道，應該也會使用。

我就是這種人。軟弱的人。

何況我說母親沒教導我任何事，應該也是硬把責任推託給她。

她遺留的物品，確實只有那條可疑的手，但除此之外，她還遺留各種話語給我。

教導我活下去的箴言。

「不成藥，便成毒。否則妳只是普通的水。」

她如此教導過我，只是我完全沒有活用她的教誨。

就只是任憑時光流逝，忘記這件事。

「是喔。『想跑得快』以及『想和最喜歡的學姊恢復昔日情誼』啊……真是純樸的願望，但也純樸過頭，堪稱平凡。」

沼地聽我說完，回以這樣的感想。明明是主動要求我說，卻回以堪稱尖酸刻薄的感想。總之，我述說手臂經歷的時候，沒透露阿良良木學長是吸血鬼，所以精彩程度或許大打折扣。

就算這樣，要是述說阿良良木學長與小忍的關係，我將會講到天亮，何況我這個局外人不應該述說他們的關係。

只有阿良良木學長有資格述說。

沼地以他人的不幸為主食，不曉得在她眼中，阿良良木學長是否是美食。

如果是阿良良木學長，會如何應付這個無法言喻的褐髮女生？

「我也聽說過戰場原小姐的事。清風國中的戰場原小姐與羽川小姐，在其他學校也是名聲響亮。」沼地繼續說下去。「原來如此，戰場原小姐曾經罹病啊，真辛苦。我也好想聽戰場原小姐的經歷，不過能康復是最好的。」

……對，我這部分也是含糊帶過。

戰場原學姊惹上螃蟹怪異的事件，我當然不能告訴沼地，但沼地雖然出言不慎，雖然說出過分的感想，卻像是把我「炫耀不幸」的陳述當成「美食」聆聽。看到她那張放鬆的表情，就覺得我像是基於任性的理由說謊，莫名產生罪惡感。

我並不抗拒說謊，卻覺得像是在詐騙。

昨天遇見的貝木泥舟，或許隨時都抱持這種心情。

仔細想想，即使他是擅於騙人的人，但要是認定他總是不以為意地騙人，是一種粗魯的定論。

同樣的，即使沼地是蒐集他人不幸的少女，即使她非常快樂、積極地做這種事，也不一定代表她總是不以為意地蒐集。

我無從得知她的內心。

何況她不只蒐集「不幸」，還蒐集「惡魔」的部位，這究竟是基於何種理由？

「總之，戰場原小姐的疾病，也是扔著不管就能以時間解決吧？與其說解決，或許還是得形容為『恢復』。」

「……錯了。妳剛才沒聽我說嗎？我喜歡的這位學姊面臨的這個問題，是現任學姊男友的某位學長解決的。我面臨的問題，也是由這位學長解決。」

「是喔……原來如此。聽妳這麼說，那個人的人格真了不起。世間居然有如此正直不阿的人，是最令我驚訝的事實。」

「…………」

聽到她說學長正直不阿，我或許應該完全否認。

那個學長的個性隨著年齡成長而失控，即使是號稱舌粲蓮花的我，如今也不可能幫他緩頰。和尊敬的學長產生時間上的隔閡，這個事態令我感到悲傷。

但我覺得，阿良良木學長直到最後都是阿良良木學長，至今也肯定如此。

……嗯，即使和妹妹的關係多麼糜爛也一樣。

「呵呵，不過神原選手，妳果然喜歡女生更勝於男生。」

「『果然』是什麼意思？」

「沒有啦，我從以前就覺得妳看隊友或對手的眼神怪怪的。」

「在進行健全的籃球比賽時，我不會朝周圍投以低俗視線。」

肯定如此。

我如此認為。

然而聽她這麼說，我也沒什麼自信……

或許是我美化了以前的記憶。畢竟在高中籃球隊，也為日傘添了不少麻煩。

接下來盡量別提這種話題吧。

「我們來接吻吧？」

「噗！」

沼地忽然如此要求，使我不禁岔氣，因為這正是我可能會講的話。

「呵呵，比起粗魯的男生，我同樣比較喜歡女生。」

沼地說著以手腳撐地，爬行接近過來。她動作緩慢，我想逃隨時能逃，我卻像是被蛇盯上的青蛙，屁股像是黏在地上，甚至動彈不得。

這是定身術？為什麼？

沼地像在欣賞我的反應，以更慢的速度接近我，並且終於和我交纏在一起，就這樣把我壓制在體育館地上。

雖說是壓制，但她身材嬌小。

而且她受到石膏繃帶束縛，無法自由驅動左腳與左手的關節。

單論臂力或肌力，我肯定遠勝於她，因此我只要有心就能立刻掙脫。

即使她將全身壓在我身上，我應該也能輕易掙脫，何況沼地雖然壓在我身上，也像是擔心壓痛我，只是輕輕按住。

即使她纏住我，狀況也毫無改變，我隨時能逃走。

明明做得到，我卻做不到。

「換句話說，妳不想逃吧？」沼地在我身上這麼說。「這種人真的很多。明明大多數的問題只要逃走就能解決，卻覺得逃走就輸了，這種人真的很多。貝木那個傢伙應該會否定，但是就我看來，這種人只像是主動踏上不幸之路。」

「主動踏上……」

「籃球員也有這種人吧？如同主動邁向落敗之路的傢伙……那種朝著不幸狂奔的樣子是怎麼回事？」

「……不是狂奔，是敗逃吧？」我在沼地底下這麼說。「曾經是消極籃球員的妳應該很難理解，如今以蒐集他人不幸為興趣的妳更不可能理解，這種人待在球場是為了尋求比勝負更重要的事物。」

「比勝負更重要？」

「或者是……尋求比幸或不幸更重要的事物吧……」

那我呢？我打籃球是為了尋求什麼？

如同我剛才對沼地說的，我最初的動機，是收拾我向「惡魔之手」許願的殘局。

不知不覺就沉迷其中。

不過，我想我果然不是為了勝利而打球。

在沼地眼中，我這種作風果然像是「朝著不幸狂奔」吧？

如同敗逃。

「明明逃走就不會輸、逃走就不會不幸，要是逃不掉也能因而放棄吧？還是說，神原選手內心深處希望我強吻？」

「…………」

「妳和我都很中性，但妳不知為何，若要以攻受來區分，應該是受。說來有趣，學妹當成王子大人崇拜的妳，卻比任何人都具備少女情懷。他人的認知和自己的認知就像這樣有所差異，但兩者應該都不是真相。」

沼地這麼說，並且露出妖豔的微笑，嘴脣緩緩湊向我。

「等、等一下……」

我光是翻身就能逃離沼地的束縛，但我的身體還是完全沒有逃走的意思。

「可、可、可能有人會來……」

「不會有人來。」

「………！」

慢著，就說等一下了。

我總是在各方面對阿良良木學長大言不慚，在理論方面也具備不少知識，但我在實戰方面完全……

「啾。」

沼地輕吻我的臉頰，然後和接近我的時候完全相反，非常乾脆地遠離我。

「失望了？」

「……………」

沼地以惡作劇的表情這麼說，我完全沒回話，像是確認般摸著被吻的臉頰，坐起上半身。

唔……被她捉弄了。

「總之健全一點吧，健全。我們是未來的主人翁，這種玩火行徑得適可而止。」

沼地拿起旁邊的球，將我留在原地，以右手運球跑向籃框，並且以包上石膏繃帶的左腳起跳。

我還以為她在帶球上籃，但她嘗試的居然是灌籃。

在日本女高中生之中，本應只有我有辦法灌籃，她卻漂亮地、輕易地成功。

她的手，直接將球按進籃框。

「……街頭籃球是吧，說得真好。這確實是在街頭表演給人看的技術吧，和我心中的籃球本質大相逕庭。」

籃球落地彈跳，沼地則是依然吊在籃框上。

「但是別忘了，街頭表演精通到極致一樣是藝術。神原選手，妳討厭灌籃是因為覺得這樣很卑鄙吧？因為只有自己做得到旁人做不到的事，反而產生自卑感。過於優秀的天分反而成為重擔。」

沼地這麼說。

「重擔」這兩個字，我認為可以直接轉譯為「壓力」或「不幸」。

或許到最後，沼地能把任何事當成不幸的理由，解釋為不幸的原因。而且這種做法大致來說沒錯。

「……但國中時代的妳，肯定沒辦法灌籃。『毒之沼地』這個煞有其事的稱號，我是現在聽日傘說才知道的，但『不跳的沼地』這稱號，我之前就聽過。」

不過，這原本是因為她的泥沼防守，能讓防守對象失去跳躍的選項，沼地因而得到「禁跳的沼地」這個別名，「不跳的沼地」是以訛傳訛，不代表她打球時完全「不跳」。即使如此，她也不可能會灌籃。

這不是漫畫。

「哈哈哈，所以我無論如何都被當成泥沼是吧？既然這樣還不如叫我無底沼澤，我會比較舒坦。」

「何況，妳是以那種腳……」

「對，以這種腳。」

她說到這裡總算放開籃框落地。而且應該是故意的，居然當著我的面，以包著石膏繃帶的左腳回到體育館地面。

「總之這麼一來，我完全接收妳的不幸了。我這個『惡魔大人』已經完整接收。接下來妳就無須在意，忘記『惡魔』左手的事情，笑咪咪幸福過生活吧。」

「……怎麼可能。」

她說得頗為認真，換言之就是聽起來抱持善意，但我無法輕易接受她這番話。

「那條手臂是我所背負罪孽的證明，我不能忍受它莫名其妙被搶走、被代理。」

阿良良木學長體內殘留吸血鬼的因子。我覺得這是他罪孽的證明，是對小忍的虧欠與誠意。忍野先生說過，只要阿良良木學長有那個意思，他應該可以隨時完全恢復為人類。

但他不會這麼做吧。絕對不會。

所以，我也不會主動遺棄那條手臂。

「那是我的手。」

「錯了，是惡魔之手。」

「若要這麼說，妳也已經不是『惡魔大人』。」

「既然這樣，我只要自稱『惡魔老大』之類的名字就好。而且以那個不祥成年人的說法，這是妳母親的東西，這隻手沒有任何一分一秒是妳的手。」

沼地說完，將寬鬆運動服衣袖大幅往上捲，向我露出石膏繃帶，朝左手使力。

瞬間，石膏繃帶斷了。

或許形容成「碎了」比較正確。

從裡面出現的東西，與其說「果然」更該說「當然」，我完全不感驚訝，是那條我所熟悉，毛茸茸的動物左手。

「唔……？」

不對，雖然不感驚訝，雖然沼地左手化為惡魔之手不讓我驚訝，我卻覺得突兀。

因為我覺得那條手臂，比起我所知道的手臂……短了一截。

記得那條惡魔手臂和我同化時，是侵蝕我的身體到手肘部位，但是和沼地身體同化的這隻手，頂多只到手腕。

變短了。

「為什麼……？」

「神原選手，這是當然的吧？因為妳的第一個願望實現了，這條『惡魔之手』肯定在當時有所成長。記得妳剛才就是這麼說的。」

「嗯，這麼說來也對，可是……」

「妳當時被惡魔吃掉的部分靈魂，如今遺留在妳體內，所以這條手臂恢復為原本的大小。」

「……第一個願望的代價……還給我了？」

怎麼可能，這簡直亂七八糟。

那是和惡魔簽下，難以撼動的契約，所以我被奪走的東西不可能拿得回來。

借用戰場原學姊愛看的那部漫畫說法，這樣無視於等價交換的法則。難道是使用了賢者之石？

不對。

到頭來，至今只是簡單形容為「收藏家」、「蒐集家」或「回收業者」之類的，但是「蒐集惡魔的部位」究竟是什麼意思？

「……沼地，差不多可以了吧？籃球社社員再怎麼遲到也有極限。我已經依照約定說明那隻手的來歷，接下來換妳了。」

我下定決心如此要求。

老實說，我隨時都想離開。我很想不聽沼地述說就回家讀書準備考試，但我如今下定決心。

我決定奉陪到底。

不然我無法放下。尤其是這條左手。

「終於輪妳說了。妳這三年究竟發生什麼事？妳的人生發生什麼事？妳在這三年做了什麼事？」

「……妳認定承諾一定會實現的這種想法實在正經。承諾不是用來實現或反悔的東西，是用來逃避的東西。」

「這樣和反悔有什麼不一樣？」

「和反悔不一樣，只是拖延，約定本身將會因而失效。懂嗎？人甚至可以逃離命運……這就是我接下來要說的事。」

沼地說到這裡，以惡魔左手抓住左腳的石膏繃帶，當成普通繃帶（不對，普通繃帶也不會這樣撕裂，真要說的話是當成捲筒衛生紙）由上而下撕裂。

「話說在前面，這不是什麼故事，只像是一名籃球員失去選手生命、打上終止符之後，有些礙眼的後記。」

我理所當然早已明白。

左腳的石膏繃帶底下，也是毛茸茸的惡魔肢體。

「先不提手的輪廓，像這樣看到腳的輪廓就知道，比起猿猴果然更像惡魔吧？」

「…………」

「不過，神原選手，我體內的惡魔，不只『如此』而已。」

# 022

「那麼，該從哪裡說起呢？單純從三年前的地區大賽，從我失去左腳的那時候回憶往事，應該可以長話短說又淺顯易懂，但如果要知道我的人生觀，這樣就有點求快不求好，何況我完全不認為用兵的重點是求快不求好……如妳所知，我認為『簡潔易懂』是世界上最不重要的事。神原選手，妳也很清楚，我的作風就是儘可能使用『時間』這個對眾人平等的概念。

何況，我不樂見妳把那次的受傷當成一切的根源。那場意外當然斷絕我的選手生命，我的人生堪稱為之一變，但我在那之前就對『他人的不幸』感興趣。

只是到如今，這是逆向思考。也可以說完全相反。

現在的我，為了尋找『比我不幸的人』，不惜成為『惡魔大人』或各種角色，專注進行這項活動，不過當時的我拿『幸福的自己』和『不幸的人』相比，總是抱持著納悶的想法。

『我的天分為何如此優秀？』，『別人應該沒這種天分吧？』，類似這樣。啊，這裡提到的天分，指的是運動細胞。

也可以形容成打球的天分。

不對……嗯，追根究柢，應該是『巧妙的步法』吧。

神原選手或許認為我是專攻籃球的運動員，這種觀點也大致正確，但嚴格來說，出乎意料並非如此。總之，不如說這是因為我就讀的小學沒有籃球社。

妳原本即使不是田徑社員，似乎也是短跑出身，同樣的，我小學時是足球選手。

當時我和男生們混在一起踢球玩，覺得球是朋友，一點都不恐怖。不過說穿了，這個朋友背叛了我。

朋友真恐怖。

沒事，單純是我做得太過火。現在這個時代或許稍微不同，但這是很久之前的事情。女生混在男生群裡踢足球，還能運球穿越所有人，這樣當然會被討厭。

這就是所謂的『Goal to Goal』，換成籃球就是『Coast to Coast』。

全校男生都討厭我。男生討厭我，就代表女生也討厭我，換句話說，當時的我和全校為敵。

聽起來很誇張？不過對於小學生來說，『沒有自己人的學校』是最恐怖的東西，妳不這麼認為嗎？就我剛才聽妳的陳述，妳應該也有過這種經驗。

不過，我在這種環境心想：『明明大家都擁有天分就不用討厭我，為什麼這個世界並不是每個人都擁有天分？』哎，後來我就秉持這種想法，致力於隱藏天分。不再做『Goal to Goal』這種引人目光的事，專攻防守。真要說的話，這種做法造就了現在的我，造就了泥沼防守。

覺得天分是重擔？嗯，我再怎麼逞強否認，應該也包含這個要素。神原選手，妳也一樣吧？妳似乎認為自己是努力型，但這是天大的誤解，妳始終只是讓沉眠的天分開花結果。『努力』這種字眼，只是對不幸傢伙的一種顧慮，像是『看，我們是因為努力而得到這種成果，我們和你們沒有兩樣，只是稍微加把勁而已』，『我們並不是天生優秀或運氣好而吃香』，換句話說，就是『請不要排擠我們』的意思。

擁有天分的人，非得最害怕的事情，就是人類社會『棒打出頭鳥』的傳統活動，因為這個世界上，沒有天分的不幸凡人比較多。像是小學時代的我這種擁有天分的少數幸福人種，無論具備多好的天分，也會敗在少數服從多數之下。

真恐怖。

擁有天分原本是幸福的事，但是基於這層意義，果然算是不幸吧。我能夠像這樣回顧往事，終究因為身處於『現在』。

當時的我，就只是納悶於神的不講理。不對，我或許從當時就不覺得那是神，而是惡魔。基於這層意義，我是感覺到惡魔的不講理。

不過，惡魔不講理是天經地義。

即使除去這一點，現實上，人們也是一出生就註定誰勝誰負，付出相同努力不會得到相同的成果，這是壓倒性的現實，令人嘆息不已。

某個男生隊友說過將來的夢想。記得不是J聯盟，是想在世界杯之類的大賽，以先發球員身分上場……好像是這樣？嗯，這是很棒的夢想，但是旁聽的我，知道這種夢想不可能實現。我心想我或許做得到，但你完全不可能。

當時我不只是心裡這麼想，還真的說出口，所以才被討厭。升上小學高年級，我終究學習到禍從口出的道理。

與其說球是朋友，或許應該說球會挑朋友。不只足球，我認為籃球也一樣。

我放棄足球，改打籃球的理由？不，沒什麼理由。只是我從小學畢業的時候，也同時從足球畢業罷了。

何況我也想試試其他運動。難得活在世間，只專注於單一領域很浪費吧？

收到體育保送入學的邀請時，我的回應是『如果不是足球而是籃球，我就接受邀請』。球探剛開始一副『這小鬼胡說什麼？』的態度責備我，不過我展現天分約三小時後，他就回心轉意。

我以籃球爭取到保送名額之後，肯定有某處學生因而沒受到推薦吧。當時我想到這裡就心痛，覺得天分這種東西真是不講理。

我在諸多運動項目選擇籃球的理由……是什麼？大概是因為足球是用腳的運動，

所以我接下來想挑戰用手打球的運動吧。要是國中有手球社，我或許會加入。

我說過我擅長步法吧？所以我想提高難度。

從簡易模式提升到普通模式。

對，普通模式。籃球對我來說是普通難度……神原選手，別這樣板著臉啦。既然不喜歡別人說妳正經，就應該把這種程度的玩笑話當成耳邊風。何況我就是因為以這種動機打籃球，才會遭報應失去左腳，這就是所謂的現世報。

我沒反省，但我接受這個下場。

那場比賽，我至今依然歷歷在目。

騙妳的。畢竟是三年前的事，所以記憶變得稀薄。時間應該會幫忙解決。

什麼？我宣稱時間會幫忙解決所有煩惱，三年來卻蒐集不幸安慰自己，這樣的我很矛盾？哈哈哈，或許吧。不過這種事不到洋洋得意指摘的程度，我不會因為這種批判而受創或退縮。

我也不認為自己一定正確。雖然同樣不認為自己錯誤，但即使是錯的，我也不會改變做法，人類就是在矛盾之中活下去。

或許應該說是在矛盾之中死去？而且死後也會繼續矛盾。

矛盾始終是幼稚又不識趣的抓把柄行徑。

總之，即使是正經的神原選手，遲早也會明白這個道理。

何況明明沒人比妳還矛盾吧……不，當我沒說。

我失言了。

好啦，回到三年前比賽的話題，不過在這之前，想知道我在那間學校的球隊處於何種立場嗎？

想像得到？這樣啊，我想也是。畢竟名校球隊變成我的一人球隊。對，我當時的立場不算好。因為我明明怎麼看都是球隊的第一把交椅，背號卻一直是十五號。真是的，體育社團的霸凌真陰險，所以我討厭『健全的靈魂位於健全的肉體』這種標語。

說到這裡，妳或日傘選手都順利融入球隊吧？嗯，容我率直誇獎這一點。明明具備天分卻可以和凡人相處融洽，我覺得很厲害。妳是怎麼諂媚才成功的？

我猜應該是開黃腔，飾演不討人厭的小丑吧？因為大眾討厭健全的英雄。

就說別瞪我了。只是因為妳要我說，我才誠實、率直地述說我的想法罷了。不然我也可以說謊啊？但妳想聽的應該不是謊言。難道妳以為蒐集不幸，甚至讓惡魔上身的沼地蠟花，講得出『佳話』給妳聽？

想聽佳話，麻煩去看漫畫或小說，書店裡很多。

怎麼了？我可以說下去？真的？那我繼續說吧。

再來是我這條腿報廢時的事。

當時是和哪一隊比賽？我真的忘了。記得不是什麼強敵，是平凡的球隊。不過因為他們打倒我，正如字面所述讓我倒下，得請他們之後打出好成績才行。

啊？那隊覺得必須為我的傷負責，在下一場比賽棄權？是喔……原來下一場預定和妳的球隊對打？這樣啊，那應該是正確的情報吧，不過這是怎樣？他們是笨蛋嗎？搞不懂這種棄權想法從哪裡來的。

害我這條腿報廢的不是別人，是我。

醫生診斷是疲勞性骨折。骨折的部位很要命。

主因與其說是運動過度，應該是缺乏事後的緩和運動。

這是懷抱、背負天分的傢伙常見的下場。

所以只是湊巧在那場比賽達到極限，這個意外也可能發生在練習的時候，或是我在家裡鑽進暖桌懶散度日的時候。

嗯？我家暖桌整年都沒收，不行嗎？市面既然推出暖風扇，難道就不能推出冷桌嗎？繼無扇葉風扇之後，應該就是冷桌了，真想把這個點子兜售給企業，不曉得他們會出多少錢，好期待。

啊，抱歉，離題了。不對，或許出乎意料沒離題。因為我身為忝居末座的王牌，在家裡卻懶散度日，因為我不珍惜神與惡魔賜給我的天分，他們才會按捺不住，收走我的天分。如此而已。

就像是『妳不需要天分吧？那我收走了。』的感覺。

誰叫我從小學時代就老是仗著天分亂來。認為天分是重擔的我，像是糟蹋般對待我的天分。啊？就像我這頭褐髮？哈哈，妳講得真妙。畢竟頭髮號稱是女人的生命，是最重要的寶物。嗯，既然天賦異稟，就應該當成寶物珍惜才對。

不過，棄權是吧……

唔～總之，交戰球隊的選手在比賽中倒下，我能理解他們難免感到責任在身。不過他們其實佯裝不知情，逃避責任就行了。

越軟弱的傢伙，活得越是正經。

不對，這種傢伙不能形容為正經。要是真的感受到責任，應該會在我住院時前來道歉。正確來說，他們停留在不上不下的立場。

別誤會，我並不是說我討厭軟弱的人，我反倒欣賞他們。正因如此，我才希望他們逃避，希望他們認為只是一個笨蛋摔傷，甚至希望他們嘲笑我。

如同『這裡是笑點』這樣。

神原選手，這是妳真正誤解的部分。妳大概從我說的『逃避』這兩個字，感受到負面又消極的印象，但妳錯了。

決定逃避也是需要勇氣的行為。或許比戰鬥或面對更需要勇氣。

……別認同我這種文字遊戲啦。逃避當然是卑鄙的行為吧？不可能是具備勇氣的行為。即使如此，還是應該包容這份卑鄙。

因為大家都活在真實世界。

如果是漫畫角色，大概只要耍帥就行吧。漫畫角色可以討厭卑鄙、懦弱的行徑。

不過，大家都活在真實世界。

總之基於這層意義，我應該說我做了對不起那個球隊的事。因為我浪費天分，害他們在寶貴的國中時代，留下相當深刻的心理創傷。

不過，要是他們自行挖開傷口，就和我無關了。關我屁事。

雖然我說得這麼無情，但要是他們找我諮商，我也會確實受理他們的不幸。話說回來，神原選手，妳左手的傷是騙人的，所以或許不曉得，不過我疲勞性骨折住院之後，簡直像是行屍走肉。

哎，我現在能像這樣從容自在、大言不慚，是我蒐集不幸的成果。

我也是人。會沮喪，也會消沉；會受傷，也會懊悔。

我抱持提高遊戲難度的心態挑戰籃球，但我失去之後才察覺我好喜歡籃球。

我體認到昔日糟蹋的天分，是無可取代的寶物；令我覺得沉重的天分，是我非常珍惜的東西。

是的。即使在學校被討厭，即使在球隊再怎麼被排擠，我都很幸福。

然後，我變得不幸。變成不幸又可憐的傢伙。

好笑的是，至今和我對立的隊友，或是視我為眼中釘的老師們莫名變得和善，還會來探視我。

甚至說出『至今很抱歉，害妳逞強了』這種話。

天啊，我感動到哭喔。我和她們手牽手，相互道歉。

但她們離開醫院之後，我開始納悶，質疑自己究竟在做什麼。我確實很感動，但感動又能怎麼樣？

無論是否感動，我的左腳依然再也無法承受運動的負擔，這個現實完全沒變吧？

所以我退學了。甚至不想待在學校附近，請父母搬家。何況父親原本就是為了讓我就讀那所國中，才會奮發搬到學校附近。

算是美妙的父愛吧？不過母親很困擾就是了。

對了，母親是在我左腳報廢之後，唯一沒溫柔安慰我的人。

『妳在搞什麼，我不是吩咐過要更加注意身體嗎？如今全部搞砸了。』記得是這樣？這就是她當時對我說的話。

哈哈哈，母親好堅強。

我這不是在挖苦喔。因為當時的我完全不想得到溫柔的話語，而是希望受到強烈的斥責。

母親以這種方式斥責，使我免於莫名地激發勇氣，得以逃離。

不過在我搬走、逃離之前發生一件事，這件事成為我的興趣，我的不良興趣——

『蒐集不幸』的開端。

這件事源自一個來探視的隊友。她指引我該走的路，我真的得感謝她。

她當然不是我的好友，完全不是。我之前甚至很少和她說話。名字？我不記得。因為我和老師他們一樣，以背號稱呼隊友。

記得她的名字很平凡，也好像不平凡……這種情報沒有比較好吧？我也不會編個假名稱呼她，這樣會變得複雜。

來探病的訪客對我表達同情之意，我總是在後來回神時感到茫然，但接受他們溫柔話語的感覺還不錯，所以那天她忽然獨自造訪病房時，我也很正常地感到開心，孰料她並不是來同情我的。

她是來找我商量事情。

她簡單講幾句探病的話語之後，表示有事情想找我談談。

諮商內容算是女國中生的典型煩惱。就是班上的女生怎麼樣、喜歡的男生怎麼樣這種問題。我不記得她的名字，卻清楚記得諮商內容，畢竟這是我的第零號收藏品。不過這牽涉到個人隱私，所以細節容我省略。

總之是女國中生的典型煩惱。

神原選手曾經是女國中生，妳聽我這麼說應該有所想像，我只能說她商量的內容和妳想像的大同小異。

但我比較希望神原選手想像我當時的心境。我雖說是自作自受卻報廢左腳，才十五歲就被迫顛覆接下來的人生，她怎麼找我講這種事？她究竟有何企圖？這是我當時的想法。

我原本以為她要說的事情攸關我的未來，但並非如此。哎，所以她要我怎麼做？即使來找我諮商，至今專注於單一運動項目的我，不可能懂這種友情或愛情的事吧？何況單腳報廢的我，不可能解決女國中生的典型煩惱。她選我諮商是最壞的選擇吧？這是我當時的想法。

但是，並非如此。

我依然以諮商員的身分，努力儘可能表現我的誠意，但我只能結結巴巴地回話，後來她在會客時間結束時離開。我內心愧疚於沒能好好回應，覺得她大概不可能再來這間病房，導致當天晚上有點消沉，卻沒想到她隔天也來探望我。

不是探望，是來諮商。

然後，她和前一天一樣冗長述說。我前晚抱持歉意，但是連續兩天聽她說這種和我完全無關的事，我難免不耐煩。

這女生確實有自己的難處，但我為什麼非得顧慮她的煩惱？我明明光是顧慮自己的未來就沒有餘力……

我想到這裡，一切的結都解了。都解開了。

她並沒有找錯諮商對象。這不是她最壞的選擇，是最好的選擇。

換句話說，她想找一個『明顯比自己不幸、明顯比自己倒楣』的人諮商。沒錯，例如我這種人生大概完蛋的人，她想找我這種人諮商。

正經的神原選手，知道這是怎麼回事嗎？

不，我不是在出題考妳，證據就是我立刻就會告訴妳答案。

換句話說，雖然她感到煩惱、感到困擾，卻『不想被同情』。如同腳報廢的我，對大家的溫柔感到不耐煩。

她不希望別人以高高在上的態度，對困擾的自己指點迷津，所以她選擇的諮商對象，是理論上明顯不如她的我，是背負著普通女國中生不可能背負之煩惱的我。

我能理解這種心理。

如同妳飾演小丑得到隊友支持，明星或是英雄必須有脫線的一面讓大家瞧不起，否則不會得到眾人接納，這是相同的道理。挑偉人的毛病藉以沉浸於滿足感，是十幾歲青少年共通的心路歷程。

我可以理解，卻不表示我不會生氣。與其說是對她生氣，不如說對自己生氣。真是的，沼地蠟花實在落魄，居然被自己記不住名字的隊友瞧不起，選為應該不適任的諮商對象。

咦？問我為什麼在發現這件事的時候沒對她生氣？

因為她有一個很大的誤會。我左腳報廢，再也無法回到球場，還決定退學。她認定落入最底層的我，絕對不會瞧不起她或同情她。

這是誤會。

因為我聽她說完，充分得到了撫慰。

他人的不幸甜如蜜。即使我左腳報廢，這種甜蜜的味道也完全沒變。『我的問題很嚴重，但也有其他人面對嚴重的問題』，這種想法療癒我內心的傷，我覺得內心逐漸滿足。

話說在前面，我直到察覺她的心態，才察覺我自己的這種心態，當時我自認算是很正經地陪她諮商。

天啊，人類真醜陋。互舔傷口，互比不幸。

但我察覺這件事之後，接下來就是快樂的時間。我從各種角度檢討如何最有效打聽她的煩惱與難處，並且付諸執行。這個時代算是為『惡魔大人』打底吧。

我一邊心想自己差勁透頂，一邊啃食她的煩惱，覺得因而稍微得到救贖。

雖說如此，我也不能只當聽眾，所以我當天送她離開時，對她說：『我明白妳所有煩惱了。』這不是謊言。接著我說：『我會幫妳解決煩惱，妳今後無須擔心了。』這就是謊言了，彌天大謊。受傷住院、決定轉學，不曉得今後何去何從的我，要如何為前一所學校的她解決煩惱？

這絕對不是為她著想而說的善意謊言。是我覺得已經聽完她所有煩惱，她明天要是再來講第三次終究很煩，才說這種任性的謊言。這是自我本位的謊言。

妳就算責備我，我也很無奈。希望妳別忘記，她這種行為很冒失，我原本將她轟出病房也不奇怪，所以這即使不是善意的謊言，或許也算是基於禮貌表達的關懷。

她當時露出詫異表情，但即使看起來不太釋懷，依然說聲『謝謝』離開病房。我不知道她在謝什麼就是了。總之我雖然覺得稍微得到救贖，卻還是在當晚進行無謂的反省，認為這種興趣很差勁，今後別再做類似的事。

不久之後，我再度大吃一驚。記得在我即將出院時，她第三次造訪我的病房。這次她表情清新得像是心魔盡去，掛著滿臉笑容向我道謝。

亢奮的她說話完全抓不到重點，我只知道她內心的煩惱似乎順利解決。她反覆說著『都是託妳的福，謝謝！』這句話，但我當然什麼都沒做，我只是從早到晚躺在病床睡覺。

換句話說，這就是我所說『時間會解決問題』的淺顯例子。當時她即使沒將我說的話照單全收，至少也是半信半疑。她將煩惱託付給我，自己不再煩惱的這段時間，問題自己解決了。

班上的女生怎麼樣、喜歡的男生怎麼樣……總之，她的心態或許也隨著時間流逝稍微醒悟吧。

無論如何，她心魔盡去。

或許也可以形容為『惡魔遠離』吧？這也代表她的煩惱只留在我心中。

我回應『不用道謝，我只是做我該做的事』請她離開。我這種態度，她或許當成謙虛的表現，但只是因為沒煩惱的她再也派不上用場罷了。

我是這麼想的。

神原選手，妳也試著整理看看吧。

我將她的煩惱當成美食享用、聆聽，並且得到療癒。她至今依然瞧不起我，卻毫不在意地找我商量煩惱，將煩惱託付給我之後擺脫煩惱，而且煩惱隨著時間解決，就她看來是我幫忙解決的。

嗯，這樣沒有任何人困擾吧？

應該說，大家因而得救。

這叫做柏拉圖最適性（Pareto optimality）還是納許均衡（Nash equilibrium）？

總之能夠助人，我的傷也得以療癒，這是一石二鳥，而且成本效益比極高。

所以我無須煩惱一晚，就立刻下定決心。我沒有煩惱這種事的道德良心。以前或許存在的這種心理，已經和我的左腳一起報廢。

我下定決心，以此當成我今後的生存價值。不對，這不是『生存價值』這種積極的心態，反而是身為運動員找到葬身之處的心態。對，所以我想以此為墓碑。

就這樣，不幸的收藏家——名為沼地蠟花的不幸蒐集家就此誕生。」

# 023

……聆聽沼地述說的我，心情單方面越來越沉重。她說她聆聽別人的不幸而得到療癒，但我像這樣聆聽她的經歷，絲毫沒湧現這種想法。

感覺像是被塞了一個沉重的負荷。

無論她怎麼說，我依然認為「聆聽他人的不幸事蹟為樂」是惡質、偏差的嗜好。

「炫耀不幸」與「愛聽不幸」組合起來，確實構成比起一石二鳥更像一舉兩得的共生關係，但這種做法在世間應該行不通。

不對，行得通？

正因為行得通，她才會至今依然像這樣繼續蒐集吧。

這個世界，很多事情出乎意料地行得通。

正因為她的想法正確，她才能將我的左手也納為收藏品吧。

左手從動物的手恢復為人類的手，我確實開心到嗚咽啜泣，但我覺得這完全是兩回事。

不過，難道只是我希望這是兩回事，其實是同一回事嗎……

實際上，沼地所說的「她」確實因為沼地而得救。沼地說自己什麼都沒做，但光是傾聽煩惱，讓對方心情舒坦，應該就足以稱為拯救。

然而，我實在無法接受。

我無法說她的做法錯誤，即使如此，我也實在無法承認她的做法正確。

何況……

「這段獨白講得真久……不過沼地選手，妳還沒說完吧？」

「嗯？」

沼地裝傻般歪過腦袋的樣子令我煩躁，但我忍住情緒，耐心推動話題。

「我知道妳開始蒐集不幸的契機與動機了。兼具樂趣與實際利益，甚至兼具救人效果，這個動機很了不起，要說我迷上妳也行。」

「這種挖苦的說法，不像妳的作風。」

「不過，妳只說一半吧？」我無視於沼地的嘲諷說下去。「妳不只蒐集不幸，還開始蒐集『惡魔部位』的契機，妳還沒告訴我。」

「我當然打算接著說下去，但我覺得在這之前應該中場休息，姑且給妳幾個選項比較好。」

「選項？」

總之，我就是討厭她的語氣與說法。

但我在另一方面感到詫異。為什麼我對沼地如此火大？

而且為什麼即使覺得火大，還想進一步和她打交道？

我對她究竟抱持何種看法？我又不是想討回母親留給我的猿猴左手……

用不著貝木吩咐，回收業者難得出現在我面前，把東西交給她不就好了？

只因為無法接受這種忽然從天而降的幸福，就探索沼地的隱私，這種行為是否能被容許？

「……妳說的選項是什麼意思？又要分成簡易、普通與困難模式？要我選擇妳的敘述方式？」

「不對不對，在這種場合，我說的不是這種風趣的選項，單純是妳要不要繼續聽下去的二選一。」

沼地對我的煩躁情緒視若無睹，始終以自己的步調回應。悠哉回應。

不過，我只要聽到這種語氣，總覺得像在考驗自己的忍耐力。

不對，與其說考驗忍耐力，或許單純是在考驗我的體力。

和她說話很累。我感覺自己逐漸精疲力盡。

不過問我要不要繼續聽下去的二選一，當然不是基於這層意義吧。

實際上，沼地是這麼說的。

「接下來真的是關於惡魔的事，我認為如果不用知道，或許別知道比較好，妳也比較容易恢復為平凡的生活。比方說交朋友、談戀愛、看書、玩手機就好。」

「……沼地，別鬧了，做選擇的不是我，是妳。要對我說出一切？還是歸還那條惡魔之手？妳才應該是二選一。」

「喔喔，恐怖恐怖。」

我甚至隱含威脅的這番話，使得沼地假裝嚇得發抖。

看來她出乎意料能做出明顯反應。

「那我繼續述說我和惡魔的初識吧……話說在前面，只有這段不幸的經歷，聽過之後也無法成為慰藉。」

我輕聲回應沼地這番話。

「事到如今，妳無須強調這種事。」

## 024

「妳真是個好奇寶寶，但妳應該不想聽我這麼說吧……總之我即使這麼說，也並不是無法理解妳想知道一切真相的心情。

仔細想想，我也是第一次對別人講這件事，不曉得是否能說得好。

不對，到目前為止的部分——關於我蒐集不幸的契機，我並不是沒對別人說過，但是關於惡魔的事，不是我不想說，是沒人想聽。

總之，多虧她在我住院時前來找我諮商，我後來開始『蒐集不幸』。從我起步的時候，蒐集機制就和『惡魔大人』類似，不過剛開始當然沒那麼洗鍊。

我想想，最初是從身邊的人開始蒐集。退學前的那段時間，我先拿同學與學妹當白老鼠……啊，形容成『白老鼠』給人的印象很差，有點偽惡過頭。我這種行徑算是『諮商』，所以不應該使用這種騙徒般的說法。

或許該說幸運，最初找我商量的她，為我打下這個計畫的根基。她將我三頭六臂的活躍散播出去。天啊，她真的把我形容成三頭六臂，『任何煩惱都絕對能解決』這種天花亂墜的宣傳，這種堪稱過度的標語，或許她正是始作俑者吧。

想到這裡，就深刻覺得忘記她名字的我真是忘恩負義。

我丟臉至極。

不過，當時的我沒餘力感謝她。這裡說的餘力是心理上的餘力。雖然現在可以像這樣說得從容自在，但我當時頗為自暴自棄。

不，頭髮染成這種顏色，是過一陣子之後的事。不過神原選手，妳抱持『褐髮等於學壞』這種價值觀，是怎麼進軍全國大賽的？全國大賽有很多類似的怪人吧？

總之我當時是那種心情，加上已經確定轉學的學校，所以我把當時的收藏品當成順手牽羊的收穫，諮商手法也有點粗魯。這是我的自我診斷。

當時我表現得有點丟臉，早知道應該更仔細蒐集大家的不幸。畢竟再怎麼說，我們依然有著同窗一場的緣分。

不過，我果然是經過那時候的『濫捕』，才完全確立自己的做法吧。

大家果然都親切地找我商量。說到『果然』，只要對方明顯比自己不幸，所有人都變得敢暢所欲言，隨口就說出相當重要的祕密。

當時我還沒熟練，所以也不小心背負了過於沉重的負擔，這部分敬請見諒。

我不清楚她們之後的狀況，但當我說『我受理這個煩惱了，我會幫忙解決，所以別擔心』結束諮商時，所有人都露出舒暢的表情，如同問題在那個時間點全部解決。說真的，最初的『她』放出的傳聞應該很具說服力吧，如同魔法咒語。

真好笑。對我來說，這明明只是吃完飯說聲『感謝招待』這種程度的意義。

說不定，我當時想過這或許只是我的誤解。只是因為我當時住院，內心真的很軟弱，才會覺得他人的不幸甜如蜜。在我出院，情緒平復到某種程度再陪他人諮商時，我覺得自己的心態或許會變得更嚴謹。

我不是樂於見到他人不幸的卑賤人種——當時我應該隱約這麼想吧，現在回想起來很天真就是了。

不過，這種天真的想法，轉眼之間就消失。

有人說受過傷的人能對他人溫柔，知道痛楚的人能理解他人的痛楚，那是天大的謊言。在找我諮商的她們眼中，或許認為在學校受到排擠的我，因為腿受傷而洗心革面決定助人，但我別說洗心革面，甚至堪稱落入更黑暗的一面。

我正是因為知道痛楚，而想知道他人的痛楚。不過只有我知道這件事，從局外人的觀點，我只像是在陪同她們諮商，傾聽她們的心聲吧。

這就證明世間表裡如一的事情不多。例如包繃帶不一定代表受傷。若要說我從這件事得到什麼教訓……慢著，我這樣好像在學那個騙徒說話。

啊，嗯。貝木和我的關係，我當然也會告訴妳，放心吧，我不打算瞞騙。我不瞞騙、也不欺騙，事到如今我打算說出一切，因為我認為這是從妳那裡接收惡魔之手的費用。但如果妳不想聽，隨時可以告訴我，不然我打算一直說下去。

我認識貝木是之後的事，總之從我轉學之前，成為收藏家的時期繼續說吧。當時我發現一個重點，就是不能貿然提出建議。我也是人，聽到煩惱而覺得『明明這麼做就能解決』的時候，偶爾會直接說出率直的想法，但她們在這種時候，反而會露出疑惑的表情。

或許該形容為不高興的表情？

哎，雖然她們來找我商量事情，但我這個被她們瞧不起的不幸傷患，要是真的提出建議，應該會壞了她們的興致。她們會忽然不肯多談，我得費盡心力安撫。

總之，與其說『光是說出煩惱就會舒坦』，更像是單純的『只是想說』吧。順帶一提，我也稍微做了一些功課，後來學會一種解決煩惱的方法，就是當成寫日記那樣，在紙上寫下煩惱。

一直在腦中反覆思索沒完沒了又得不出結論的問題，內心才變得沉重，要是以某種形式取出來客觀審視，出乎意料可以放下精神上的重擔。

因為『思考』實際上只是在『回想』。如果以為只要不斷思考，看似無計可施的煩惱也遲早可以解決，根本是一種幻想。人腦是電流反應，點子或構想這種東西只是一瞬間的火花，也就是靈光乍現罷了。

所謂的煩惱或思考，其實近似於浪費腦力。俗話說胡亂思考只是浪費時間，其實無論是何種思考都只是浪費時間。

放棄思考、別思考、停止思考，就是解決煩惱的方法。我經由這段時間的實驗確信了這一點。

剛才也說到，我不知道她們之後的狀況，完全不知道。我領悟到笨拙的建議或馬後炮的幫腔只是反效果，甚至會害我失去神通力，所以我也沒確定諮商效果。

不過，我至少可以斷言，沒人因為找我諮商導致事態惡化。碰到我真的覺得不妙的煩惱時，我會引介合適的諮商對象，這是我從當時就採取的一貫方針。

無論如何，實驗成功了。非常成功。
我掛著豐收的表情，離開我待了將近三年的國中。不過我又經過一段時間，才正式以收藏家的身分開始行動。
聽起來好像是什麼天大的隱情，其實很單純，就是我得先努力復健。
受傷就得復健一輩子，漫畫那種『哇，康復了！』的狀況不會發生。咦，戰場原小姐就是這樣？那太好了。
但我沒辦法這樣，在搬家之後每天前往復健醫院。復健超難熬的，我還以為會死掉，甚至覺得死掉比較輕鬆。
即使想以他人的不幸安撫這份難熬情緒，但那裡畢竟是醫院，我沒瘋狂到在那種地方蒐集他人的不幸。我說過吧？碰到過於不幸的事，我會敬而遠之。
至於基準，我想想，如果是明顯比我不幸的經歷，我就不想聽了。這方面的基準挺隨便的，算是自由心證。
不過，沒確實決定規則就無法行動，這一點真悲哀。即使我已經退休，但這或許是運動員的宿命吧。
我每天過著這種復健生活，後來幾乎沒在轉學後的公立中學上過課就畢業。
沒考高中。
我從小學時代就只專注於運動項目，完全沒讀書，從一開始就考不上任何高中，但我也確實找不到上高中的意義。所以正確來說，我是以自己的意志拒絕升學。

雖說如此，我也沒就業。

我的左腳沒有復原到能夠工作，應該說一輩子無法復原。醫生說我左腳的石膏繃帶與這根拐杖會陪我一輩子，真是令我沮喪，嗯。

記得我就是在接到這個宣告時染褐髮的。我覺得自己不再是運動員，而且自認是為了做造型而染髮，但是就旁人看來，果然只像是學壞吧。

嗯，應該是學壞，是自暴自棄。

即使如此，那位醫生還是建議我盡量別窩在家裡，應該積極外出。這番話幫了我很大的忙，成為我進行『蒐集活動』時，用在父母那邊的好藉口。

就這樣，『惡魔大人』的生意終於開張。當時不叫『惡魔大人』，但現在以其他名字稱呼，聽在神原選手耳裡也很陌生，而且這確實是『惡魔大人』的前身。

首先我離開家鄉。這裡所說的家鄉，是我搬家之後居住的地區，總之我是在自己的地盤外進行蒐集活動。

以下也是我在實驗階段得到的教訓，我認為別公開自己的身分比較好。諮商對象越是沒有交集的局外人，越能輕鬆、安心地進行諮商。即使是再怎麼認定不如自己而瞧不起的對象，也無法保證我的口風夠緊。『遠親不如近鄰』這句先人智慧的格言是對的，但是考量到萬一，我覺得陪同諮商的對象應該挑選遠鄰。

嗯？以為我搬到附近的城鎮？喂喂喂，當然不可能吧？要是我一直以這種鄉下城鎮當據點，即使再怎麼頻繁更換名稱，也遲早有人查出是我一手主導。

『惡魔大人』的真面目別曝光比較好，這樣可以增加神通力。其實正確來說應該是『惡魔通力』，但這樣有點拗口。

何況看妳的反應就知道，褐髮在這種城鎮應該顯眼得不得了。所以我不斷改變活動地點。問我究竟搬到哪裡？這部分饒過我吧，如果妳想寄賀年卡給我，那還是免了。

順帶一提，我手機號碼也換了。神原選手，話說在前面，這次是最後一次見到妳以及和妳說話，所以妳想說什麼得趁今天的機會全說出來。

話說回來，神原選手，妳從『離開家鄉』這四個字，想像得到我的活動範圍嗎？以為頂多是在縣內吧？妳錯了，我的活動範圍遍及全日本。

北到北海道，南到沖繩。

我這三年走遍所有都道府縣。哎，我身邊的人大概認為，這是我出社會之前的尋找自我之旅吧。

或者是傷心之旅。

總之，相較於妳從國中時代認識的那位羽川學姊，我這只是規模不大、丟臉至極又渺小的傷心之旅。不過我和她不同，具備明確的目的，我在這一點贏她。

哈哈，我聽過羽川小姐的傳聞喔，和妳左手的傳聞同樣有名。我以這座城鎮為據點的時候，打聽到好幾個懷念的名字。我這個人連隊友或班導的名字都會忘記，卻記得妳、羽川小姐與戰場原小姐。

也記得阿良良木曆這個名字。

其實我早就知道了，只是剛才裝傻而已。

不過阿良良木曆這個名字，我不是在以這裡為據點時得知，是轉學後得知的。我在致力於運動領域時沒聽過這個名字，換句話說，他就是這樣的人。

別誤會，他和這個話題無關。

回到正題吧。我的明確目的，當然是蒐集不幸。既然要蒐集，我就想蒐集各種不同的類型，所以當然走遍全日本。其實如果做得到，我真的想和羽川小姐一樣走遍全世界，但是很遺憾，我只懂日文，我在這方面贏不了聰明人。

啊？一邊在全日本旅行一邊蒐集不幸，不是女高中生做得到的事？

就說了，我不是女高中生。

不過，我好幾次差點被帶到警局管訓就是了。我說啊，人只要有錢與時間，大致上什麼事都做得到喔。

沒上高中，就會得到大量的時間。之所以無法離家，只是因為學校、職場與心愛的家人就在身邊。人原本可以自由前往任何地方，只有宣稱討厭束縛的傢伙，出乎意料想尋找定居之所。

錢？啊啊，沒有啦，不是因為我在工作。雖然現在不痛，但剛開始旅行的時候，劇痛總是如影隨形，我只是在強忍而已。

如今不痛的原因，妳應該想像得到，我晚點再說明。簡單來說，是因為我的左腳如今是惡魔的腳，我的傷基於這層意義算是痊癒。

與其說是痊癒，更應該形容為改變。

問我家是不是很有錢？不，我很感謝父母放任我亂跑，不過很遺憾，我家是中產階級。神原選手，和妳不一樣。

嗯？妳有錢是眾所皆知的事喔。妳住豪宅吧？不過妳用錢的方法很笨，所以好像沒人嫉妒妳這一點。

這個世界對笨蛋與小丑很好。比起無視於法則的笨蛋，偉人犯罪時判刑比較重。『偉大的人連人格都要優秀』這種觀點，明顯超越貴族風範的範圍才對。

健全的肉體不一定蘊含健全的靈魂，偉大的頭腦果然也不一定蘊含偉大的靈魂。

坦白說，答案是『保險』。

我的腳有投保，所謂的傷害保險。

我不曉得妳就讀的國中怎麼樣，但我的國中有這種制度。

這部分花了不少錢。雖然學費全免，但是非得付這筆投保金。我媽說的『搞砸』

或許也包含這筆投資，但是這筆投資成為鉅款進帳。

繳費投保的是家長，所以真要說的話，這是家長的錢，但他們沒阻止我拿這筆鉅款揮霍亂用，大概是沒能阻止吧。

總之，這筆錢遲早也會用光，今後終究得想辦法籌錢，但『惡魔大人』的資金來源不是別的，正是我的腳。

剛開始不順利，但我逐漸學會如何在陌生城鎮散播傳聞、受理諮商。

這方面也有天分可言嗎？我認為凡事都要靠天分，基於這種主張應該是如此，但或許只有這方面不同。負傷的野獸為了活下去而拚命，也可能影響到結果吧。

這是進化論。

失敗、逃走、行跡敗露、被抓、罪證曝光、道歉、欺騙、抵賴……我不斷反覆這些行徑，整理出自己的做法。

如妳所知的做法。

講到這裡，聰明的神原選手，應該知道我如何認識貝木泥舟吧？對，我們是在某座城鎮巧遇。

他的詐騙行動和我的蒐集行動，在某些部分相似。我的行動並不是為了營利，但使用的手法相似到堪稱商業夥伴吧。

話說在前面，我沒肯定他的詐騙行徑。他居然濫用咒術之類的知識，搜刮無辜人們的金錢，真是個壞蛋。

但妳不能忘記，事實上也有人因而得救。

他的做法和我不同，一定會有人受害，這一點我不以為然，不過咒術對大部分的人無效。

記得妳身邊也實際有人受害？既然這樣，我能理解妳想生氣的心情，即使如此，妳還是姑且理解比較好。

全方位的邪惡不存在。

任何邪惡，都會拯救某些事物。

任何邪惡、任何惡魔都是如此。

反過來說，任何正義都會傷害某些事物。『世間無絕對』這句話，也意味著世間沒有絕對的正義或邪惡。

戰爭促進重要發明、大災難帶來經濟效應。從以前就是這樣。『善惡』這個詞其實應該直接替換為『得失』。

就算這麼說，我和貝木並不是意氣相投，只是在發生一點衝突之後，做出『交換情報以免今後再度不期而遇』的協定。

因為雖說是商業夥伴，他的做法會妨礙到我的做法，我的做法會妨礙他的做法。

別看他那樣，他很明理。既然能以錢打動，就代表是個可以進行交易的對象。

好啦，我這時候除了認識貝木這個人，還知道了其他事情。妳認為是什麼？對，就是咒術——怪異。

貝木泥舟以專家身分告訴我，這個世界存在著怪異。不對，他自己不相信妖魔鬼怪，所以正確來說，他傳授了『怪異存在於世間的說法』。

這件事成為之後的伏筆。成為我後來廣為蒐集『惡魔』的伏筆。

那是我當起收藏家多久之後的事？有在上學的神原選手或許不懂，如果不屬於這種組織，日曆就失去意義。週一、週日或週五，一月、二月或十二月都變得相同，如同只能以麥當勞的定例促銷活動來感受季節，真要說的話頗具風情，具備現代風情。總之因為這樣，我不曉得正確來說經過多久，也記不得了，但至少是一年之後吧。

我沒為收藏品編號，所以完全不曉得那個女生是第幾號收藏品。感覺當時應該超過一百人，而且不到兩百人吧。

抱歉我說得很含糊，明明發誓說出真相，卻說得很含糊。

但我可以確定一件事。那個女生——花鳥樓花，是我『惡魔收藏品』的第一號。她是就讀當地學校的女高中生，我沒問年紀，但應該比我年長。

嗯，我記得她的姓名。

這個名字給我強烈的印象，甚至忘記顧慮到隱私，不小心向妳洩漏她的名字。總之，或許部分原因是她的名字發音和我一樣是『Louka』，但不只如此。

其實樓花和蠟花差很多就是了，差距大到令我嫉妒。

不過，她抱持的煩惱，足以將這種無聊的嫉妒或羨慕全吹到九霄雲外。

這是我必須說的事情，所以我會說，但拜託別外傳，而且也不要追究花鳥的事，這攸關我的職業道德。這不是我的工作，所以再怎麼洩漏，我都可以佯裝不知情，但我也有自己的尊嚴。

就形容為某座城鎮吧。我以某座城鎮為據點，進行『惡魔大人』的活動時，花鳥出現在我面前。

我當時就使用簡易、普通、困難三個階段的過濾程序，她選擇困難模式，直接來找我。知道我當時的想法嗎？

沒錯……我心想『啊啊，這麼一來，或許得從這座城鎮收手了』。客人儘可能別選擇困難模式比較好，因為煩惱越嚴重，無論是失敗或成功解決，都越會留下禍根。即使是說謊，我面對某些煩惱，還是說不出『交給我吧』這種話。而且花鳥當時出現在我面前時，一副像是下過五次地獄的表情。

她看到我的左腳也毫無反應。我為了讓諮商者敢於述說，刻意朝對方展示石膏繃帶以及拐杖這兩個『弱點』。

她懇切地說出『請救我……』這句話。不用說，我當時已經在思索要轉介到警局還是兒童諮詢中心，試圖把整件事推出去。

但我內心的盤算在瞬間顛覆。

她制服裙子底下穿著運動褲，是寬鬆的運動褲，就像我現在這件。

我在冬天經常看女生這麼穿，以為她也是其中一人，不過當時的季節是冬天嗎？記得是冬末春初吧。無論如何，她不像是為了禦寒而在裙子底下穿運動褲。她在我面前脫下運動褲。

妳知道是什麼狀況吧？

她的腳，是惡魔之腳。

對，就是這隻腳。毛茸茸又粗壯，裝在女生身上過於失衡的這隻腳。

但花鳥不是因為自己的腳變成這樣而悲歎。

她說：『這隻腳，擅自想殺害我的母親。』

我接下來會大致述說她的狀況，但麻煩當成耳邊風，聽過務必立刻忘記喔。她有一位互許終身的大學男友，到這裡都算常見，不過她懷了這個人的孩子。到這裡也算常見？後來家長當然非常反對，還要求墮胎，這應該也很常見吧。

感覺像是可以當成手機小說題材的常見狀況，不過即使常見，也完全不表示不會以悲劇收場。

我？那還用說，我當然不敢領教，心想她居然找我諮商這種事。至今我也諮商過不少嚴重的問題，但這次首屈一指，而且無人能及。

既然這樣，我或許應該轉介到醫院，但是用不著我這麼說，她應該去過了……何況這件事不在我『幾乎所有煩惱都能以時間解決』這條信念的保證範圍。

懷孕不是能以時間解決的問題，反而會隨著時間惡化。

老實說，我無計可施，想詢問她為何向我表明這種重量級的煩惱，覺得這種事不該在我這種都市怪談風格的諮商室表明……但如我剛才所說，到目前為止的『常見』狀況，在她向我表明的煩惱之中，始終算是開場白。

她當然也不是一開始就循著傳聞前來仰賴我，但她確實陷入絕境。她不想殺害新生命，卻還不是能當媽媽的年紀，而且自己的母親責備她，最重要的男友也不可靠。

所以，她找上惡魔幫忙。

如同妳曾經向左手的木乃伊許願，她向左腳的木乃伊許願。

我忘記問她得到那種東西的歷程。我第一次遇到這種事，難免有所疏漏。正因如此，我覺得這次絕對不能忘記問妳這件事。總之，她好像提過那是父親的遺物？她家是母女單親家庭……呵呵，既然是單親家庭，或許比父母雙亡的妳來得幸福，但我沒清楚詢問她父親是否過世。雖然這麼說，正因為是這種家庭環境，母親才更加擔心女兒，並且嚴厲斥責吧。

在這個世界，完全不曉得什麼是好事、什麼是壞事。

如同妳的母親是某種人物，她的父親或許也是某種人物，但這只是推測。總之無論如何，她具備這樣的素養，所以向惡魔許願，然後成為惡魔。

妳應該比誰都清楚，這個惡魔的真實身分，是以負面方式實現主人願望的妖怪。花鳥抱持的煩惱，確實只要殺害母親就能解決。雖然殺害男友或是胎兒也能解決，不過兒子原本就會詛咒父親、女兒會憎恨母親，記得這叫做『戀父情結』？或許也是因為她母親位於最容易除掉的距離吧。

這部分有各種解釋，不曉得哪種是正確答案，總之她向惡魔許願，惡魔附身在花鳥的腳，試圖以『除掉母親』的方式實現她的願望。

但是這項計畫失敗了。花鳥在夜晚成為恍神狀態，不斷猛踢睡在同一個屋簷下的母親，卻沒致她於死地。

因為她和神原選手的手不一樣，強化的部位是腳。即使用惡魔之腳踢，也會因為踩得不夠穩，不會造成太嚴重的傷。

基於這層意義，真沒想到阿良良木先生能撿回一命。他該不會是不死之身吧？

她立刻知道害母親住院的真凶是自己。畢竟追根究柢，這是她自己的願望，何況傷害母親的腳是動物的腳，所有人都知道是怎麼回事。然後，她終於進退兩難。

無法實現願望，腳將會永遠那樣；但要是想實現願望，她將會親自殺害母親。或許自殺了斷比較好，但這樣也會害死肚子裡的寶寶，而且她當然也不能找男友商量，她不希望男友看見她的腳。

於是，她來找我。

與其說是連一根稻草都想依賴，更像是自暴自棄吧。或者是連詛咒的小稻草人都想依賴。

不過，我大概明白她為何想依賴這種都市傳說——依賴『惡魔大人』這一類的都市怪談。先不提她懷孕的現實問題，關於惡魔的問題，應該最適合找我商量。

我當時並非自稱『惡魔大人』，不過我經常必須營造類似的詭異氣氛，她應該是受到這種陰暗氣息吸引吧，如同受到捕蛾燈的引誘。

好啦，我再問相同的問題一次。妳覺得我當時在想什麼？我以『不幸蒐集家』的身分聽她說明煩惱之後，妳覺得我當時在想什麼？

……猜錯了，而且完全落空。妳明明是球隊領導者，卻意外地不懂人心。

我的想法是『想幫她』。

不是謊言，我這輩子第一次由衷想助人。

我明白妳質疑的心情。我確實差勁透頂，蒐集他人的不幸之後什麼都不做，就只是扔著不管，我是以他人不幸撫慰自己傷痕的人。但妳憑什麼斷言我想助人的這份心情是假的？

雖然不是老話重提，但大眾喜歡偉人的醜聞。不過只要是稍微有點良知的人就可以理解，即使輝煌的經歷有一道丟臉的傷，也不會害其他的豐功偉業都化為烏有。即使晚年行事瘋狂，也不會抵銷年輕時的榮譽。

同理可證，不良少年為棄犬撐傘時，我們不能否定他的心態。平常行惡的傢伙稍微做點好事，會得到名勝於實的評價，這種理論確實正確，就算這樣，不良少年無法扔下溼透小狗的心情，外人也不應該完全否定才對。

絕對善良的人不存在；絕對邪惡的人不存在。

即使帥氣英雄的嗜好是蒐集A書，即使眾人憧憬的和風美女不擅長九九乘法，眾人也不可能否定他們的一切吧？

人總是容易只看他人的其中一面做評論，但事情肯定沒這麼單純。只有家長把孩子當孩子，只有孩子把家長當家長。個性會隨著頭銜改變、隨著對方不同而改變。

而且，個性也會隨著時間改變。

即使只是短短一瞬間，天使也可能附身在惡魔身上。

我是差勁透頂的人，不過換言之，我應該不只是差勁透頂而已。

我希望為花鳥做點事。如果可以代勞，我想代勞。

或許是因為名字發音相同而產生同理心？

由於我失敗，所以希望她能振作？

不對。以這種計算方式划不來。我一心只想幫她，這是純粹的俠義之心。

純粹的俠義之心。我體內居然有這種東西。我無法否認對此最驚訝的不是別人，正是我自己。

不過就算這麼說，妳認為我做了什麼？

我得到比他人更長的緩衝時間，自稱寶物獵人。經過蒐集活動，我逐漸熟知他人的不幸，但我知道的是不幸的種類，不是解決方法。何況她抱持的煩惱，無論是懷孕或是惡魔之腳，我擁有的收藏品都遠遠比不上。

我動員所有知識也無計可施。我只是在放任主義與溺愛的螺旋中長大，在和異性無緣的運動世界長大的人。我和她即使名字同音，至今走過的人生也相差甚遠。

我擁有的任何話語，應該都對她不管用，無法傳達給她吧。所以我沒說任何話。

我說不出任何話。

所以，我擁抱她。

沼地蠟花擁抱花鳥樓花。

不發一語，擁抱她。

溫柔擁抱？錯了，是用力、用力、非常用力。

我覺得當時哭泣的人是我。即使是懷胎初期，其實也不應該那麼用力抱孕婦，但我無法顧及這麼多。

然後，我說了。

說不出任何話的我，在最後說出口的話語，是至今反覆無數次的話語。

『放心。』

『妳的煩惱，我全部接收了。』

『我絕對會幫忙解決。』

『所以，妳今後不用再擔心任何事。』

我在她耳際，輕聲說出這種不負責任的話。

不只一次，而是反覆、反覆、反覆再反覆……我應該在哭。雖然很難看，但我肯定在哭。

老實說，我不曉得她對我是什麼想法。就只是覺得噁心？有可能認為被我同情而感到不愉快。無論如何，她不久之後就離開。

她說，晚上睡著的話可能會襲擊母親，所以今晚也要熬夜。對，『也』要熬夜。人類哪可能好幾個晚上都不睡覺？何況又不是白天睡覺就能阻止惡魔現身……無論如何，我只能默默目送她離開。

即使她離開，場中剩下我一個人，我的心情依然沒平復。我想為她做點事，想協助她，這份心意差點令我著火。

我當然做不到任何事。

不過，我第一個念頭是去見貝木泥舟。那個傢伙雖然是騙徒，卻自稱捉鬼大師，或許他可以幫忙做點事，所以我立刻打手機給他。

他說：『很貴喔。』

我回答：『無妨。需要多少錢，我都肯出。』很帥氣吧？

不過實際上，我得以不用付錢給貝木。隔天早上，我為了搭電車見貝木而很早起床，並且在這時候發現一件事。

石膏繃帶內側——我的左腳，變成惡魔的腳。」

# 025

「妳的腳……？這是怎麼回事？」

我一時之間沒聽懂她這番話的意思，如此插嘴。她似乎早就預料我這麼問，即使早就如此預料，卻沒有好好準備答案。

「天曉得。我解釋成我為她著想的強烈心意引發夢幻奇蹟，所以惡魔之腳在我擁抱她的時候，移植到我身上。」

沼地像是隨口編出這個答案，甚至像是刻意以這種說法激怒我。

從她這種說法判斷，我覺得她說的話果然不值得信任。

「怪異不可能是這麼隨便又馬虎的東西。」

「錯了，怪異是隨便又馬虎的東西。和我一樣。」沼地這麼說。「怪異是基於合理的原因出現？別把書呆子講的話照單全收。總歸來說，這是民間信仰，所以外行人的感覺肯定比較正確吧？」

「……………」

部分身體變成惡魔的沼地，確實有資格這麼說。所以聽她這麼說，我無法反駁。即使如此，得知她這段經歷的我，依然得負起責任說幾句話。

責任？

不，不對。不是這樣。

我只是說我想說的話。

「……那個叫花鳥樓花的女生，後來怎麼樣了？」

「不曉得。我只和她見過那一次。」

「只見一次？等一下……只見一次的意思，該不會是惡魔左腳『移植』到妳身上之後，妳就不曉得她的狀況吧？」我探出上半身詢問沼地。「即使沒直接交談，好歹有去探視吧？」

「我或許應該這麼做，但是很抱歉，我不知道她住哪裡。她是以困難模式找我，所以我也不曉得她的電話號碼。不過即使我知道電話號碼，在這種狀況就非得和她講這件事，所以我還是不會主動聯絡吧。」

「為什麼？這樣很……」

不負責任。

我應該是想這麼說。

既然這樣，我說出來也無妨。

不過，何謂責任？

如同我剛才就否認，「責任」這兩個字聽起來很假。

沼地從煩惱的少女——某個和我抱持同樣煩惱的陌生少女接收惡魔部位，我還想對她要求什麼？

我敢斷言。即使是阿良良木學長或羽川學姊，也做不到這種事。

這不叫做自我犧牲，形容成自我滿足也不夠，是連父母都不可能為孩子做的無私行為。

可是，為什麼？

沼地這樣的人，為什麼做出這種行為？

「總之，基本上和蒐集不幸一樣，部分原因在於我想避免深入這件事……也對，以其他理由解釋是這樣的，如果我實際去見她，讓她知道我接收了她的『惡魔』，她或許會感受到重擔。」

「重擔？不是恩情？」

「這是一樣的東西吧？」

「………………」

「既然腳移植到我身上，她的腳應該恢復為自己平常的腳，那我接下來就幫不上忙。神原選手，妳或許對我刮目相看，但這同樣只是其中一個角度的看法。我或許只是多管閒事。關於她懷孕、她和母親的關係，或是害女高中生懷孕的輕佻男友和她的關係，沒有我介入的餘地。那麼換個說法，讓惡魔殺掉母親或許比較好。」

沼地再度說出不曉得該如何接受的這種話。

我覺得她這種說法，類似忍野想將一切回歸中庸的立場，卻也覺得沼地和忍野先生有著決定性的差異。

專家與外行人感覺的差異。

與其說差異，應該說異樣感。

我不清楚這種感覺的真面目為何……但我覺得大概是積極性之類的。

忍野先生沒有這種主動介入、插手的積極性……

「順帶一提，我的行為並非無私，我收穫豐碩。因為妳看，收下惡魔左腳的我，得到報廢左腳的代替品。不過『得到腳』這種說法很奇怪就是了。」

「……所以妳的石膏繃帶與拐杖，都是幌子？」

「嗯，算是吧。即使現在走路完全不痛，但總不能在大庭廣眾之下露出這條腿走路，而且神原選手，我受傷的消息和妳不一樣，是連報紙都刊登的大事，所以我不能宣稱自己『痊癒了！』，必須繼續假裝受傷，如同現在的妳。」

「……妳講話總是動不動就帶刺，刺得我很煩。沼地，妳該不會討厭我吧？」

「後知後覺也要有個限度。難道妳以為我欣賞妳？還是以為我心上妳？」

「我聽不懂這句話的意思。」

「這句話沒什麼意思。啊，我以石膏繃帶隱藏這條腿還有另一個原因，這樣比較方便『蒐集不幸』。諮商員如果是傷患，諮商者就容易說出祕密，這在統計學真有其事，所以如今我無法拋棄這麼方便的工具。」

「換句話說，妳後來也一如往常，繼續『蒐集不幸』吧？」我這麼問。

「我甚至還持續到現在，所以是理所當然吧？難道妳以為我洗心革面？不可能。我只是在進行這項活動的同時，增加另一項嗜好，也就是蒐集『惡魔的部位』。」

「…………」

「結果我沒委託貝木，但還是持續交換情報，所以後來我聽他提過這個惡魔。我將這個惡魔認知為『我的敵人』。」

「敵人？」

「對，商業敵人。」

沼地首度以憎恨、以完全表現情緒的眼神，看著自己的左腳與左手。不對，那是她自己的手腳，卻不屬於她自己。

「讓人們煩惱無效，讓不幸再也無法挽回的商業敵人。貝木是商業夥伴，但惡魔是商業敵人，所以我想驅逐惡魔。我每次聽到關於惡魔的傳聞，就會造訪該城鎮，致力於收拾惡魔……不對，應該說收藏惡魔。」

「收藏……也就是說……」

「沒錯。我一開始提過，不只是這隻手與這隻腳，我體內各處都是惡魔的部位。套用動畫《風之谷》的說法，成為我丈夫的人，將會看見更加毛骨悚然的東西。妳該不會以為我穿這種寬鬆邋遢的運動服是為了趕流行吧？」

「這……」

換句話說，和花鳥樓花在裙子底下穿運動褲的理由相同。是這樣嗎？

「哈哈，騙妳的，現在就流行這樣。不過確實剛好適合隱藏身體線條，可惜我沒辦法成為寫真偶像。」

沼地說著拉長運動服衣袖與褲管，隱藏惡魔的手腳。看來她剛才為了表演而弄壞石膏繃帶，卻沒有考慮後果，也就是沒考量到回程怎麼辦。運動服在這種時候也成為助力，是一種很優秀的衣物。

「神原選手，我說完了。這樣妳就明白吧？我接收妳的左手，始終是基於我的私事，基於我極為私人的興趣嗜好。講得帥氣一點，這是我瞬間曾經為某人變得善良的痕跡，再怎麼樣也不是為了妳。所以無須謝我。」

沼地這麼說。這番話令我覺得她看透了我，並且教導了我。

啊啊，原來如此。說不定我想感謝沼地，並且想接受這件事。

但因為剛才的指摘，這條路再度封鎖了。

我實在和這個女人合不來。

「……整體來說，妳大概蒐集到多少惡魔部位了？」

「還不到三分之一。」

「要是蒐集完成，妳到時候不就完全變成惡魔？」

「或許吧，但我打算反過來吸收惡魔。」

做得到這種事？

不對，不是做不做得到的問題，沼地想這麼做，而且真的在做。

犧牲身體、拋棄身體這麼做。

但即使做得到，她為何非得做這種事？

只是基於僅此一次的心血來潮而投入至今吧？

和她蒐集不幸的活動一樣。

到最後，她不是在助人，也不是想助人，又不是想在完成惡魔之後許願。

沼地的人生，具備何種意義？

……難道沒意義？

「依照貝木的說法，神原選手的左手，是在第二個願望實現到一半時進入停止狀態，要是這麼扔著不管，預計惡魔將會因為契約沒執行而離去，不過既然是停止，就代表沒人知道何時會基於何種契機再度啟動。不是死火山，是休火山。所以我這次接收妳的左手，希望妳願意當成一件幸運的事。」

「……妳覺得我做得到？」

「做得到最好，做不到也沒差，妳的心情和我無關。對我來說，妳的想法一點都不重要。還是說……妳想搶回這條左手？」

「…………」

「妳不可能做這種事吧？我走了。」

她只說完自己想說的話，就非常乾脆地準備離開我——離開這座體育館。

不對，「只說完自己想說的話」這種說法很奇怪，因為我想知道的事情，她全部告訴我了。

夫復何求？

只是，我覺得她並不是要離開這座體育館，是要離開我們交談至今的籃球場。

她或許是來履行說明的責任，如果不是如此，或許也果然如她所說，單純是來詢問那條左手的來歷，做為收藏活動的一環。

但我心想，她今天來到這所學校見我，或許意外地只是為了找我打籃球。記得她剛才說過，她想在球場上和我重逢。至少她這個願望實現了。她的願望，實現了。

即使左腳不再報廢，卻變成那副模樣，不只如此，身體各部位也成為惡魔。在這種狀況還能以同等實力和她打籃球，而且明知隱情也願意和她打籃球的人，除了我應該很難找得到。

我覺得只有我。

……不過，我是否充分回應她的心意？

我至今為沼地做了什麼？

像這樣擔任聽眾，能否讓沼地稍微舒坦？

「神原選手，再見，但我想不會再度見面了，妳今後就充滿活力活下去吧。比方說……考試、交朋友、交男朋友、就業、結婚、生子、母子吵架，盡量做這種人類會做的事吧。因為這是我做不到的事。」

沼地蠟花在我想開口時搶得先機這麼說，接著以運動服包裹的左手揮動示意，以右手拄著拐杖，沒有特別匆忙，而是照例以緩慢的動作，離開我的視野。

緊接著，使用體育館的運動社團成員們，一起遲到抵達。

# 026

小時候很愛看的漫畫，在長大之後討厭；相對的，以前看不懂的小說，如今可以細細品味。

討厭原本喜歡的人、喜歡原本討厭的人；有價值的東西變得不重要、惋惜昔日扔掉的東西……

如果反覆這種事就叫做人生、叫做生活，說這樣不空虛是騙人的。

正因如此，人生應該珍惜每一刻……這種說法何其誇大又空洞。

認定是回憶的事物卻忘記、認定沒用而捨棄的事物卻變得重要……思考這種事，就覺得人生簡直只充滿後悔。

我究竟該對沼地說什麼？果然應該要求她歸還那條左手？應該以這種方式耍帥？應該偽裝成自討苦吃、貫徹始終的傢伙？

但我說不出這種話語，也說不出感謝的話語。

我到最後只任憑她主導、任憑局勢演變，當然沒能為她做什麼，明明費盡心力終於見到她，明明她主動來見我，我卻什麼都做不到。

只有聽她說完而沮喪，變得消沉。

我自認至今的人生很坎坷，相較於沼地卻何其膚淺。

不對，這當然不是能夠比較的東西。

但我返家之後，依然不想做任何事，只有在自己凌亂的房間，自甘墮落地趴在從未收過的被褥。

甚至懶得脫制服。

不過，不能弄皺制服的常識、更勝於例行公事的某種機制，似乎在潛意識運作，我就這麼趴在床上試著脫制服。

途中，身體差點打結。

即使是這種姿勢，使用雙手還是能脫制服——只要使用雙手。

「對喔……原來如此，我現在什麼都能做了。可以用這條左手脫衣服……也能打籃球……」

我如此低語，打算就這麼睡覺。我心想，要是睡醒能忘記一切，全當成一場夢該有多好。

然而，這個願望也沒能實現。

失去惡魔的我，或許任何願望都不會實現。

在我睡意漸濃的時候，脫下的裙子口袋裡傳出手機來電鈴聲。

「…………」

是誰？伸手取出手機一看，液晶螢幕顯示火憐的手機號碼。

「啊，駿河姊姊？那個……對不起，難道您在睡覺？」

「不，沒關係……我只是休息一下。」

「對不起，那我長話短說。」火憐以謹慎的語氣這麼說。「其實是關於駿河姊姊的委託，我查出沼地蠟花這個人的資料，才會聯絡您。」

「啊啊……原來如此。」我對自己的聲音無法擺脫慵懶感覺抱持歉意，繼續對火憐說：「不過，對不起。抱歉麻煩妳花時間調查，但我今天見到她了。」

「見到她？」

「嗯。」

大概是我說得好像儘可能不想見到她，火憐才覺得不對勁吧。但實際並非如此。

「這就怪了，不可能有這種事。」

「啊？不可能的意思是……可是實際上，我今天直到剛才都……」

「您不可能見到她。」火憐說。

語氣依然謹慎，像是在關心我。

「因為，沼地蠟花在三年前自殺身亡。」

# 027

「她在國中時代的籃球比賽傷到腳，喪失選手生命，因而離開那間學校……即將從轉學的國中畢業時，她割腕自殺。」

以右手拿美工刀，狠狠朝左手腕劃下去。

左手腕。

左手。

火憐戰戰兢兢說出的這番話，在我耳際縈繞。

雖然我第一次聽到……但火憐真不適合消沉的語氣。我思考著這種無關的事。好消息很少有，壞消息卻總是接踵而來，而且還像是落井下石。

我之所以這麼說，是因為我剛和火憐結束通話，日傘也打電話給我。看來她聽我那麼說之後，也以自己的方式打聽沼地蠟花的消息，並且特地打電話提供調查結果。

「特地」是吧……我這種說法真諷刺。

我不曉得是從什麼時候，變得會對親切關懷的朋友講這種話。

不對。

無論是誰，或許都會在一瞬間變成這種人。

例如得知剛才見面的人，其實在三年前過世的這一瞬間。至少這種時候會如此。

「聽說不只是腳的問題……家裡的問題更嚴重。提供情報的人說，那樣簡直像是被母親殺掉……」

事到如今才知道國中時代針鋒相對的勁敵過世，日傘當然也受到相同的打擊，她的聲音低沉又難過。

「那個傢伙看起來從容自在，完全沒那種感覺……但她似乎有很多隱情。她是在搬到遠地之後自殺，才沒在這座城鎮成為話題吧，可是，她居然自殺……」

日傘這麼說。講得像是她比起世上任何人都不適合自殺。

確實，從她泥沼般的打球風格，「自殺」是最不適合她的字眼。

但這是無可撼動的事實。

火憐以手機拍下月火在圖書館影印的報紙報導傳給我。這是其他地區本土報紙的小篇幅報導，或許比她左腳報廢時的報導篇幅還小，但確實是死亡報導。

來自複數方向的情報，加上擺在眼前的明顯證據，使我不得不承認。

沼地蠟花死了。

而且是三年前，自殺身亡。

……既然這樣，我直到剛才見到的褐髮女生是誰？同名同姓的人？還是以沼地之名招搖撞騙的相似陌生人？

不對。

我對她長相的印象很模糊，何況換過髮色給人的感覺也不同，外人想知道她的記憶可以用查的……但是不可能連打籃球的風格都模仿得像。

沼地蠟花甚至被稱為「毒之沼地」的泥沼防守，只屬於她一人。

她肯定是沼地蠟花。

是我所認識，我昔日的勁敵——沼地蠟花。

「……原來如此。既然這樣，那個沼地是幽靈。」

我躺在被褥上，將臉埋進枕頭低語。

我可以毫不驚訝、自然而然接受這個答案。

不是基於「既然世上有惡魔，應該也有幽靈」這種簡單的想法，是因為現在回想起來，好幾件事可以解釋得通。

首先是她的褐髮。她自己也說過，頂著顏色那麼搶眼的頭髮在這座城鎮逗留，消息轉眼之間就會傳開。仔細想想，我至今找她找了五天，不可能完全查不到情報。

此外，教室與體育館的生人迴避現象，果然不能以巧合來解釋，解釋成是她搞的鬼就釋懷得多。即使除去惡魔部位這一點，她原本就是這種超自然存在吧。

假設沼地的時間在三年前停止，她左腳報廢的這個「煩惱」——這個不幸，沒能以時間解決也是理所當然。

和三年前相比，她即使髮色不同，身高或身材卻完全沒成長，連一丁點都沒有。

惡魔部位的移植也是，如果她本身就是怪異，就可以順利移植。光是擁抱、光是接觸，惡魔就如同傳染般轉移給她，原因在於沼地本身就是怪異。

其中存在著親和性。

何況，雖然如今批判這一點實在像是馬後炮，但無論她是否就讀高中，十幾歲的女孩三年來浪跡全日本，怎麼想都不實際。

這個國家，許多人愛管閒事。

即使是離開日本走訪全世界的羽川學姊，據說在這方面也費盡心力，而且她也是等到高中畢業才這麼做。一般來說，必須是忍野先生那種中年男性，才可以盡情地浪跡天涯吧。

腳傷得到保險理賠的事情或許是真的，卻不可能足以讓她三年來一直流浪，又不是火險或壽險。

然而，如果她是幽靈，就完全無須擔心車馬費或住宿費的問題。

……手機這種現代工具出現在本次事件，影響到我的思考。不過仔細想想，依照普及率，手機如今足以成為鬼故事的要素之一吧……

因為連我都能熟練使用。

講得更直接一點，就拿我聽學長所說，依附在這座城鎮、依附在這座城鎮道路上的幽靈來譬喻吧。

將全日本納為地盤，格局實在是差太多了……但若只當成案例來看應該相似。幽靈。

如果迷牛是令人迷路的怪異，沼地應該是蒐集他人不幸的怪異。

蒐集不幸的怪異——代為承受他人不幸的怪異，連我也能想到幾個例子。

以蒐集不幸為業的收藏家。

她講得保守也堪稱病態的這種嗜好，如果源自於她是怪異，那麼『惡魔大人』異常的都市傳說特性，也足以令人接受。

都市傳說。

道聽途說。

街談巷說。

當成一種……物語。

既然這樣，我為什麼看得見她？依照經驗法則，肯定只有抱持不幸的人，看得見不屬於這個世界的沼地。

可是……不對。

那天走向補習班遺址荒原的我，不算是沒抱持任何不幸。因為對我來說，惡魔的左手等同於不幸。

對她來說，這就像是肥羊自己送上門吧……不對。到頭來，她至今在這座城鎮活動，就是想得到我的「惡魔」部位。

沼地是獵人。

在這裡扎根、撒網，等待我這隻肥羊上鉤。

我覺得像是被騙、被她擺了一道，實際上也中了她的圈套，但是另一方面，也覺得這樣不算什麼。

我去年經歷許多慘痛的事件，如今不會因為幽靈就大驚小怪。

就只是舊識死在某個我不知道的地方罷了。即使我當時就收到她的死訊，我大概也不會參加她的葬禮。

我們不是朋友，甚至沒講過幾句話。

說我會難過才是騙人的。

而且實際上，和算是化為鬼怪現身的她交談之後，我對她也完全沒有好印象。

我和她交談時，經常會感到不愉快，總歸來說，經過這個月的兩次接觸，我明顯討厭她。

所以，我不會難過。

本應如此。

既然這樣，這份心情是什麼？

坐立不安、無法入睡的這份心情是什麼？

「………」

我緩緩起身，尋找剛才扔到一旁的手機，撥打某個號碼。貝木給我的名片上記載的電話號碼。

這個人是騙徒暨怪異專家，又認識沼地，或許知道某些詳情。我抱持這個想法打電話給他，但是打不通。

看來他今天也為了解決日本的不景氣，致力於讓沉眠在各個家庭裡的錢流動。也可能是吩咐「遭遇困難就聯絡」的女高中生，居然隔天就毫不客氣厚臉皮打電話過來，使他備感無奈。

總之，幸好沒打通。

我發現內心一角的自己鬆了口氣。

即使貝木知道詳情，他始終也會秉持自己的主義只告訴我一半，而且我覺得自己並不是真的想知道詳情。

沒錯，肯定能得到寬恕。

何況這不是罪過，即使在這時候忘記一切也無妨。

和沼地的接觸，就當成是撞鬼一場而忘記吧。即使沒辦法立刻忘記，時間久了肯定能忘記。

只要專心用功應考，即使看著左手，也不會強迫回憶起往事。

人的記憶總是迷糊不清。

即使是彷彿一輩子忘不了的心理創傷，也遲早會成為往事。在高中生活最後的初春稍微撞鬼的事件，肯定會立刻從腦中消失。

「好！」

我下定決心，起身開始做伸展操。

脫下身上僅存的內衣，以充分的時間放鬆全身肌肉。

然後將頭髮綁成馬尾，換上薄薄的慢跑服。

「跑步吧！」

# 028

我的大腦用來思考有些不足，用來感受有點過於遲鈍。這樣的我能做的事情，只有跑步。

跑步時，可以拋開一切。

有人說，腳是第二個大腦。這種說法應該源自人們經常在散步時得到靈感，不過這是在走路時的狀況，人類跑步時不會思考。

即使走路時無法不回頭看，也可以在跑步時不回頭看。

自己的心與煩惱，全部留在起跑線。

我平常晨跑有一條清楚既定的路線，但今晚的我連路線都是隨意挑選。看到轉角，總之就轉彎看看。

我在自己居住的城鎮，穿越至今未曾跑過的路，稍微有種新鮮的感覺，但我連這種感覺都拋到腦後。

好舒服。

全力奔跑好舒服。

回想起來，人類大概只在跑步時，有機會明顯使出全力吧。人們面臨任何狀況，大致上都會有所克制，說穿了就是留一手。

因為要是不限制力量，就會弄壞。

弄壞自己，或是弄壞周圍。

所以會看著手錶，檢討自己剩下多少餘力，避免過度勤勉或過度偷懶。避免使用全力。

基於這層意義，人類跑步時應該同樣有所克制。沒人能以短跑速度跑完全程馬拉松，控制步調是最重要的事。

然而今晚的我，連控制步調的想法也拋到腦後，總之就是全速奔跑。要是過於勉強就放慢速度，但即使放慢速度，也總是傾盡全力。

跑到極限，跑到燃燒殆盡。

我大概跑得很醜，毫無姿勢可言吧。腳步與呼吸也完全不規律。

此時最適合形容我的成語，或許不是全速狂奔，而是五里霧中，或是支離破碎。

但我就這麼跑了一整晚，毫不休息跑超過十小時，直到天亮。我不曉得正確來說繞了城鎮幾圈，但我肯定跑超過一百公里。

不只是肌肉痠痛的程度。

一個不小心可能造成大腿肌肉拉傷，引發疲勞性骨折也不奇怪。

不是比喻，我一直奔跑到雙腿自然彎曲，狠狠摔倒在柏油路面。

但是感覺不是棄權，而是穿過無形的終點線。

總之，我跑完了。

內心有這種痛快的感覺。

並不是某人要我跑，沼地的事情也完全沒解決，我卻籠罩在舒暢的心情之中。

「腳……好痛。」

不只是腳，全身都在痛。

甚至連眨眼都嫌煩。

但是，沼地的痛楚應該不只這種程度。日傘說沼地看起來從容自在，其實除了腳傷還抱持很多煩惱，不過就我看來，她選擇自我了斷的理由，只可能是腳的痛楚。除了痛楚，沒有其他東西能逼她尋死。她轉學前打好基礎的「蒐集不幸」活動，肯定已經大致療癒她內心的傷。

不過，這也是我任性的想像。

事到如今，連她說的那些話，我也不曉得是不是真的，或是哪些部分是真的。從常理判斷，她果然只是我在多愁善感的時期，因為學姊離開而改變環境時看見的幻影。對，包含惡魔之手也是幻影。

「……至少應該注意一下跑步姿勢嗎……」

我以舉起槓鈴的心情微微抬頭，看著剛買的銳跑運動鞋底完全磨平，如此低語。

「但要是在意姿勢，就沒辦法跑完全程吧……」

我說完之後，察覺在這種狀況不曉得怎樣才叫做全程，仰天苦笑。

「這麼說來……戰場原學姊的跑步姿勢……好美麗……嗯……非常美麗……」

說我連眨眼都嫌煩有點誇張，但是實際上，我閉上雙眼之後就懶得睜開。

不曉得是從哪裡聯想的，此時掠過我腦中的光景，是國中時代——公立清風國中田徑社，戰場原黑儀學姊在跑道奔跑的身影。

戰場原學姊是名人。

我不知道這件事，但依照沼地所說，她似乎和羽川學姊一樣有名。不過真要說的話，大家覺得羽川學姊難以親近。

我認識羽川學姊之後，認為她應該是過於完美而難以親近。相對的，戰場原學姊有著相當脫線的一面，這部分很受學弟妹歡迎。

戰場原學姊或許會說這是作戲，但如果這麼說，沒人不會在面對他人時作戲。

在這個世界，沒飾演好自己的角色就活不下去。所以沼地說我飾演的是小丑，這種說法並非完全錯誤。

基於這一點，我無法責備扇學弟。

以這層意義來說，戰場原學姊飾演的「角色」很完整。是不會過於完美的完整。但她在跑步的時候，甚至將這種「角色」拋在腦後。

好美麗。

我直到看見她的奔跑，未曾認為人類奔跑的姿勢美麗。沒想過人類氣喘吁吁，拿出全力拚命奔跑的樣子，可以讓「美麗」這種形容詞成立。

所以，我也同時覺得不想跑在她身旁。我不想被拿來比較。我致力於奔跑，是內心軟弱地向惡魔許願之後的贖罪行為，我認為這樣的我不能跑在戰場原學姊身旁。

我認為這樣的我，沒資格跑在她身旁。

所以即使戰場原學姊兩年來不斷邀我和她比賽短跑，我也一直婉拒。明明即使包含惡魔的因素在內，我跑贏她也無妨，但我大概不想跑贏戰場原學姊。

不是跑得快，而是跑得美。

這樣不可能有勝負可言。

「學姊宣稱要減肥，從去年再度練跑……但果然好美麗。要是我也能像那樣奔跑該有多好……」

一停止跑步就沉思的我，開始陷入無可救藥的感傷情緒時，響起一個不解風情的喇叭聲，將我的意識拉回現實。

我畢竟是大字形躺在道路正中央，一個不小心被車撞也不奇怪。

雖說天亮了，但現在還算是凌晨，所以我有點大意，差點出車禍沒命。

轉頭一看，一輛令人眼睛一亮的亮黃色金龜車，停在數公尺前方。

「不好意思，我立刻讓路……」

我如此回應喇叭聲，但音量很小，車上的駕駛不可能聽得見。

何況，我動作很緩慢。我疲勞到站不起來。

我打算巧妙在馬路翻滾，至少讓出車子能走的空間，但司機先開門下車了。

可能是以為我喝醉倒在路上，或以為我已被別的車子撞到，才會關心我一下吧。

「喂，不要緊嗎？」

駕駛接近過來，蹲在還沒辦法起身的我旁邊，看著我的臉。

「……咦，神原？」

「啊……」

我發出脫線的聲音。

我認識這個駕駛。

「阿良良木學長。」

# 029

「好失望、好失望、好失望……阿良良木學長在開車……」

「吵死了，讓我開個車也無妨吧？也不想想我多麼辛苦才考到駕照。」

「明明說過腳踏車是自己的生命……明明說過崇拜越野腳踏車手……之前弄壞阿良良木學長的越野腳踏車，至今依然暗自內疚的我，不就像是笨蛋了？」

「關於這件事，妳給我多內疚一陣子吧。」

「您不是說畢業之後要騎機車嗎？不是說要考重型機車駕照嗎？」

「我正在學重型機車喔，只是先考到汽車駕照罷了，並沒有說謊。」

「而且開的車居然是金龜車，這是男人開的車嗎？」

「妳不准瞧不起金龜車！瞧不起我就算了，不准瞧不起金龜車！這是世界上造型最帥氣的車子！」

「您不是說過男人要開超跑嗎？」

「我說過這種話嗎……話說聽別人說『超跑』這兩個字，挺讓人火大的……」

「我不想看到這樣的阿良良木學長……真希望您一輩子高三……」

「放心，我下一集就會面不改色回到高三。」

「真隨興……話說回來，您高中剛畢業居然就買得起這種進口車。分期付款？」

「不，這是父母送我的畢業禮物。」

「我好失望！」

我像是行李般被搬進後座躺著，由阿良良木學長開車送回家。

上次是警車送我回家，這次是阿良良木學長送我回家，感覺好極端。

無論如何，即使是擅長天馬行空的我也沒想到，居然是以這種形式得到機會，由我崇拜的阿良良木學長，對我進行我所嚮往的新娘抱。

在抱上車的過程中，學長碰到我身上各個部位，令我有點難為情，但我癱軟到連拌嘴的力氣都沒有。

不，不只是因為疲勞。

除了疲勞，阿良良木學長和金龜車的組合過於意外，使我元氣盡失。

「啊～……有種被綁架的感覺……」

「不准講得這麼危險。」

「要是我現在慘叫，就能毀掉阿良良木學長的人生……」

「我開車這麼罪大惡極？需要被高中時代的學妹毀掉人生？」

「呵呵……」

我躺在後座無力地笑。

高中時代啊……

雖說理所當然，但是在三月從直江津高中畢業的阿良良木學長，已經進入下一個時代了……

「阿良良木學長，雖然這麼說，但我們用郵件聊天時，您沒提過買車的事，果然是因為內疚吧？」

「嗯？哈哈，還好啦。其實我現在因為拿到剛出爐的駕照和剛交車的車子樂不可支，一大早就漫無目的開車閒晃，卻一下子就被學妹發現，所以我現在很害羞。妳這傢伙來得真不是時候。」

阿良良木在紅燈路口謹慎踩煞車之後如此抱怨。

完全是新手駕駛的感覺。

「來得不是時候嗎……原來如此，從阿良良木學長的角度是這樣啊……」

我這麼說。

看著開車的阿良良木學長後腦杓這麼說。

哇……他頭髮真的留長了。

聽說他被吸血鬼咬脖子之後，就為了隱藏傷痕而留頭髮，如今已經長到只像是音樂家或藝術家的程度。不過兩者應該可以通稱為「藝術家」吧。

藝術家阿良良木。聽起來真是不得了。

話說，他明明可以修一下才對。

「不過就我看來，阿良良木學長來得正是時候。」

「嗯～？」

阿良良木學長似乎聽不懂我的意思，卻刻意不追問，只是歪過腦袋。

「不過，仔細想想，妳並非來得那麼不是時候。如果把忍當成例外，除了我的兩個妹妹，妳是第一個坐這輛車的人。」

「戰場原學姊呢？」

「她好像不相信我的開車技術。」

「有可能……」

「『與其坐阿良良木駕駛的車，不如坐手腳著地的阿良良木身上比較好。』我不曉得是否比較好，但這樣我只會吃苦受難吧？」

「哈哈，戰場原學姊高中畢業之後，毒舌變成限制級了。」

「她還說『管制條例？啊？那是什麼？』這樣。」

「看來沒完全改頭換面……」

「『我！已經是！女大學生！即將十九歲！無論成為攻方還是守方，條例都管不著！』」

「學得莫名地像……不過，記得那個條例改成不分年齡？」

「就是這麼回事。不過想得樂觀一點，這就代表行政上認定喜歡幼女和喜歡熟女沒有兩樣，就某種層面來說，反而堪稱戀童癖的人權得到認同。」

「這樣太樂觀了，好恐怖。」

「但以戰場原的狀況，我覺得形容成『攻方』也不太對……何況她說過：『我認為出版社面對這種狀況，好歹要有點骨氣反向操作做生意。具體的做法是比行政單位先獨自成立民間的審查機構，隨著比較寬鬆的審查，向國家或ＰＴＡ（家長教師會）爭取高額補助才行。』」

「這種做生意的氣魄令人汗顏……」

「『而且這個審查委員會，可望收受創作人的賄賂。』」

「爛透了！」

「嗯，可以的話，我也不希望這種傢伙坐我的副駕駛座。」

「如果是羽川學姊，您就願意吧？」

「那個傢伙加入戰亂地區的ＮＧＯ，在四處埋藏地雷的越野區域開軍車到處跑，我沒有任何能在她面前表現的駕駛技術。」

「…………」

原來她在做這種事。

這趟尋找自我之旅，難度也太高了。

「發生什麼事？」

此時，阿良良木學長緩緩地切入正題。

要說契機，大概是路口剛好變成紅燈吧，但肯定和這種事無關。我體認到這個人即使從騎腳踏車改成開車，即使留長頭髮、留長指甲，依然是阿良良木曆。

無論是否改變、是否成長，依然是阿良良木學長。

「……諸事不順。」

我這麼說。久違見到學長，卻忽然開始發牢騷，我覺得自己好丟臉。

「感覺什麼事都不如意，我的狀況很不穩。」

「妳狀況不穩，並不是現在才發生的事情吧？」

「嗯……大概是因為阿良良木學長與戰場原學姊畢業，我變成孤單一人，所以覺得寂寞。」

「妳有小扇吧？」

「小？」

我對這個稱呼感到詫異（他不像是會以「小」這個字稱呼男生的人啊……？），並且搖頭回應。

真要說的話，我還有日傘。

我自認朋友還算多，和籃球社學妹也聊得很愉快。

然而，失去可靠的前輩，使我內心開了好大一個洞。

「真要說的話，戰場原也很寂寞喔，她說沒什麼機會見到妳。」

「阿良良木學長呢？」

「當然寂寞，很寂寞。因為聽得懂我話中玄機的人只有妳。」

「這樣啊……」

即使是客套話，這番話也令我好開心。

不對，他不是會說客套話的人。

所以，我才會……

「什麼事不如意？居然跑到累倒，一點都不像妳的風格。」

「我的風格……我連這種東西都完全迷失了。」

「迷失？」

「嗯。我的風格究竟是什麼？阿良良木學長覺得您的風格是什麼？」

「這個嘛……很難說。我曾經費盡心力，飾演妳所尊敬的學長。基於這層意義，我的風格或許是由妳決定。」

「由我……」

「到最後，大家或許都在飾演自己喜歡的對象所喜歡的角色，但應該不能只是這樣吧。要是一直作戲，將會迷失、遺失某些東西。」

「遺失……說得也是。我覺得自己遺失好多東西了。」

我意識到壓在身體底下的左手。左手包著繃帶，所以阿良良木學長應該不曉得繃帶底下的狀況。

我在這週痛切地體認到，那條左手已經充分屬於「我的風格」的一部分。

也體認到那條左手，是遲早非得從我身上切離的東西。

如果那條手臂是我犯罪之後應受的懲罰，我就非得完成贖罪的過程。

如果以為我這輩子每天早上審視報紙與電視新聞、每天晚上綁著左手睡覺就是贖罪，那就是天大的誤會。

贖罪不只如此。絕對不只如此。

「阿良良木學長也……總有一天能完成嗎？」

「嗯？完成什麼？」

「不，沒事……」

我躺在後座嘆息。

阿良良木學長背負的東西和我差太多，應該無從比較。何況也不能貿然詢問。

我改為詢問其他事情。

「阿良良木學長，您為什麼能像那樣，不惜犧牲自己的人生也要為大家效力？」

「我沒做那種事。做那種事的人是羽川吧？」

「那一位……我覺得是另一種狀況，她犧牲的不是自己的人生。不過阿良良木學長是殺害自己，持續殺害自己而走到現在吧？您為什麼做得到這種事？」

我如此詢問。

與其說詢問，我的語氣或許更像是責備。

實際上，我也想責備。

因為我非常清楚，對於戰場原學姊來說，看著這樣的阿良良木學長——默默旁觀這樣的阿良良木學長，是多麼痛苦又難以承受的事。

因為，我也很痛苦，難以承受。

尤其是第二學期剛開始，充滿回憶的補習班廢墟失火的那個事件，以及學長畢業前的那個事件，我甚至想代為一死。

「您並不是因為擁有不死之身而這麼做。不對，您的不死之身，甚至正是阿良良木學長殺害自己的最好證明，真要說的話就是墓碑吧？」

「………」

「阿良良木學長，請告訴我。究竟是什麼原因……令您不惜這麼做？」

這肯定也和沼地的蒐集活動有關。

不惜殺害自己、害死自己也想做的事情，究竟是什麼？

「就算妳這麼問……不過說真的，這種事我想都沒想過，這是很遺憾的真心話。

唔～我想想……」

阿良良木學長一副煩惱的樣子。

看他這種反應，他應該真的沒想過吧。這種事對於阿良良木學長來說無須思考。

但是，我想知道。想知道個中理由。

不對，我想知道的是個中目的。希望他思考自己的行動原理為何。

「我還是小學生的時候……」

「嗯？」

「我一邊上課，一邊思考著這種事：『如果外星人現在忽然闖入這間教室，導致班上同學受苦受難，我究竟該怎麼做？』」

「………」

「依照我的想像，我會毫不猶豫除掉外星人。該怎麼說，就是使用金肉人漫畫裡的必殺絕招，把他們打得落花流水、屁滾尿流，我將成為英雄。」

阿良良木學長這麼說。

不同於內容，語氣非常正經，我這個聽眾也難以分辨這是不是玩笑話。

「……總之，男生似乎或多或少都會這樣幻想，神原，妳這個女生怎麼樣？妳在小學時代上課時究竟在想什麼？」

「問我想什麼……就是……」

唔～……

我認為應該沒幻想過這種事……我很想這麼認為，不過仔細想想就發現，我第一次向惡魔許願，就是在小學時代……基於這層意義，阿良良木學長剛才那番話，我完全笑不出來。

那番話像是在說我。

「……總之，說我完全沒幻想，或許是騙人的。」

結果，我如此含糊回應。

「這樣啊。」阿良良木學長這麼說。「總之，我小學畢業之後，得知大家大多會這樣幻想，對自己的『不特別』感到丟臉，另一方面也感到安心，不過我當時最強烈的感覺，是信心。」

「信心？」

「對。」阿良良木學長點頭說下去。「在那間教室，有許多學生抱持著保護班上同學的念頭。得知這件事的時候，我覺得這個世界還撐得下去。既然想成為英雄的傢伙這麼多，世界肯定和平。」

「…………」

「總之，以這種膚淺判斷抱持的領悟心態，後來輕易粉碎就是了。不過，如果除了羽川，還有其他因素造就現在的我，或許就是當時的這種感想吧。」

阿良良木學長說完一笑。

我果然不曉得他這番話的認真程度是多少。真要說的話，聽到這種結論，會令人覺得他明顯在開玩笑。

不過，阿良良木學長肯定是以最真摯的態度，回答我的問題。

……說得也是。

「為了他人、為了大家」的說法很可疑，卻也不完全是謊言。自我犧牲或是害死自己的做法，其實我並不是無法理解。

但我不想理解。

而且，我也強烈覺得理解這種事很奇怪。

因為，我完全沒有不惜一死也想做的事。

不惜一死也想做某些事的女生。

死後依然繼續蒐集的女生。

持續蒐集不幸、蒐集惡魔的女生。

「阿良良木學長，記得您有一位幽靈朋友吧？」

「形容成朋友不太夠力喔。我甚至質疑那個傢伙是前世的我。」

「啊～這樣真噁心。」

「所以，妳怎麼提到那個傢伙？」

「成為幽靈的人，以及沒能成為幽靈的人，您認為兩者的差異是什麼？並不是所有人都會成為幽靈吧？不然整座城鎮充滿幽靈就麻煩了。那麼兩者的差異在哪裡？」

差異在於有無悔恨？

或許是因為心願未了，或是懷恨未消，基於這種層面而不同？但要是這麼說，不可能有人臨死時毫無悔恨。

所有人都是留下未完成的工作、留下心愛的人而死。

「天曉得，我沒想過這種事……不曉得實際是怎樣。或許出乎意料，所有人死後都成為幽靈，整座城鎮滿是幽靈，只是一般人看不見。」

「也就是幽靈確實存在，只是有人看得見幽靈、有人看不見嗎……所以問題不在於能否成為幽靈，在於能否看得見幽靈？」

「但如果所有人死後都會成為幽靈，感覺就沒必要拚命活下去了。」

「說得也是，畢竟怎麼想，死後似乎都比較輕鬆。」

「何況我認為，包括幽靈或是死後的世界，都是我們無法接受旁人的『死』而發明的東西……我就不認為我死掉會成為幽靈。」

「既然這樣，您認為幽靈都應該升天？」

「或許應該是這樣才對，但要是那個傢伙升天，我會很難過。不對，不是難過，而是不願意這樣。或許那個傢伙就是因此沒升天，一直留在這座城鎮。」

阿良良木學長說到這裡打方向盤轉彎。我心想，那位朋友應該不會坐上這個副駕駛座吧。

這種光景充滿犯罪氣息。

「我想要試著改變現狀。」

我從窗外天空的景色，感覺到即將抵達家門，說出這句話。

「但我大致知道，維持現狀是最好的做法。」

「維持現狀是最好的做法？為什麼？」

阿良良木學長率直詢問。我完全沒說明事由，他這麼問也理所當然。

「因為沒人困擾。」

「…………」

「即使是多麼不幸的狀況，既然那個傢伙一副不以為意的樣子，就不該插手吧？刻意前去搭話，告訴這個人『你很不幸』，這樣有什麼意義？既然那個傢伙以不幸為樂，旁人不可能做得了什麼。而且如果維持現狀，也有很多人得救。許多人在這種我想試著解決的狀況中得救。明明沒任何人困擾，我怎麼可以抱持任性的念頭插嘴？」

阿良良木學長聽我這麼說，應該也摸不著頭緒吧。我完全沒說明細節，就只是滔滔不絕吐苦水，學長不可能提供什麼建議。

我不認為火憐對阿良良木學長透露過這件事，實際上，阿良良木學長也回以「我聽不太懂」這個直截了當的感想。

即使如此，光是說出來就舒坦多了。

似乎如此。但願如此。

換句話說，這代表沼地是對的。既然這樣，即使是這種心情，果然遲早能以時間解決吧。

嗯，應該會解決。

這份鬱悶、這份惆悵，總有一天會成為回憶，並且忘得掉吧。

既然這樣……

「不過啊，神原……」

不過很驚訝地，阿良良木聽過我這番支離破碎的話語之後——說出直截了當的感想之後，繼續說下去。

「妳說沒人困擾是假的。」

「啊？」

「至少有一個人在困擾，就是妳。」阿良良木學長這麼說。「而且，這足以構成妳行動的理由。妳感到困擾，這對妳來說是最天大的事件。順帶一提，要是妳困擾，我也會困擾，戰場原同樣會困擾。」

阿良良木學長挖苦般補充最後那段話。

與其說這番話充滿溫暖，更像是說得理所當然，彷彿久違接觸他人肌膚的溫度。

不過，沒錯。確實如此。

這個人總是自然而然說出這樣的話。

「我不是在學忍野說話，不過只有妳自己能拯救困擾的自己。」

「……可是，阿良良木學長，我這種想法遲早會消失。藏在心中的這個困擾，總有一天能以時間解決。」

「這是怎樣？這才不像妳會說的話。誰對妳這麼說的？誰要求妳浪費時間思考，或是進一步深入思考？」

「嗯，不同人對我說過各種事。」

包括沼地、貝木，以及母親，大家都任性灌輸各種觀念給我。

「別在意。」

阿良良木學長在這時候，非常乾脆地駁回所有「任性」。

「這些人都不是妳。妳居然會胡思亂想顧慮這麼多人，妳幾時變得這麼聰明？如同我一直做我想做的事情至今，妳今後做妳想做的事情就好。」

阿良良木學長看著前方這麼說。

他當然在開車。要是他看著我說話就麻煩了。

「如同想回應妳期待的我才是我，如果妳想聽從其他人的意見，那妳就這麼做，但要是無法接受就得戰鬥。我至今和戰場原、羽川、忍野，以及對我有所期待的妳，都像這樣戰鬥。」

「……對喔。」

說得也是。我原本應該更加單純。

在各方面感到迷惘而綁手綁腳，確實不是我的角色定位，不是我的風格。

十幾分鐘的車程不可能消除疲勞，但阿良良木學長這番話，使我從後座起身。

「我認同阿良良木學長的意見。」接著我說：「所以，我想戰鬥。」

「是喔，加油吧……有什麼我能做的事嗎？」

「沒有。」

阿良良木學長肯定看不見沼地。

但這不是原因。接下來的事，只有我做得到。

沒錯，我也非得畢業才行。

我必須從阿良良木學長、從戰場原學姊畢業，使自己能夠獨力走下去。

其實，今天不應該被阿良良木學長看見這樣的我。

基於這層意義，我並不是獨自一人。

我今後將會獨自一人。非得如此。

「這樣啊。」

我明明說無須幫忙，阿良良木學長卻不知為何開心地這麼說。

「那太好了。」

「嗯，真要說的話，麻煩改天幫我整理房間。」

「妳給我先在這方面畢業吧。」

## 030

阿良良木學長送我到家門口之後，原本似乎打算不下車直接離開，但我終究還沒恢復到能夠自己行走（其實是裝出來的），由阿良良木學長扶我回家。

我預測如果只是這種程度，戰場原學姊應該會原諒，也想藉此再度體驗新娘抱，但阿良良木學長終究沒做到這種程度，只把肩膀借給我攙扶。

這同樣是緊密的肌膚之親，所以這樣就好。

不過阿良良木學長運氣不好，剛好撞見正在玄關打掃的奶奶。阿良良木學長見過奶奶許多次，而且奶奶似乎欣賞阿良良木學長，經常邀他一起吃飯。

我剛跑了一整晚，完全沒食慾，告知今天要向學校請假休息一天之後回房。

此時，爺爺向我搭話。

他說今天清晨，寄來一個要給我的包裹。

「包裹？」

「對，包裹。」爺爺說完點頭。

寄來的包裹放在門前，他已經幫我拿到臥室。

「…………」

這是怎樣？有夠可疑。

居然放在門前。

不會是炸彈吧？

爺爺奶奶說穿了都是古早年代的個性，在這方面沒什麼戒心。如此心想的我，這次是獨自一人拖著腳步，應該說是邊走邊爬回自己的臥室。

放在房裡的包裹，是以純白紙張包覆的箱子。「寄來的包裹」令我不禁聯想到紙箱，但是觸碰就知道並非如此，包裝紙底下是木盒。

撕開包裝紙一看，是一個桐木盒子。
我好像有印象，好像有又好像沒有，不過相較於我「知道」的桐木盒子有點大。
盒子表面貼著一張像是籤紙的東西，上面寫著字。
『這是臥煙託我保管的東西，所以不用錢。想用就用，想扔就扔吧。』
字跡工整到令人討厭，沒有署名。
不過，沒人問金錢的事情就主動提及，加上文中將我的母親稱為臥煙，所以我大致知道是誰把這個包裹放在門外。
我昨天打那通電話的答案，應該就是這個桐木盒子。
我嚥了口口水，打開盒蓋。
裝在盒子裡的東西是——惡魔頭部的木乃伊。

## 031

後來，我當天請假沒上學。
第二天、第三天也請假。只能請假。
跑整晚造成的肌肉痠痛就是這麼嚴重，如同全身毀損。

人類做事不考慮後果就會變成這樣，我對此深刻反省。雖然這麼說，但我多虧做事不考慮後果才見到阿良良木學長，或許該說是圓滿收場。

不論過程只論結果，這句話真深奧。

即使如此，我第三天或許不需要休息，但我希望再度前往學校時，身體狀況恢復為萬全狀態，所以還是請假以求慎重。

我當然有複數選項可以選擇。

依照「惡魔大人」的準則，我有簡易、普通、困難三種模式可選。簡易模式當然就是喊著「這是什麼，好噁心」將某人寄來的神祕木乃伊扔掉，並且從明天開始若無其事，平靜、平心、平和地活下去。

這是最簡單的做法。

如果這是一部小說，我的成長史以這種方式完結還不壞。可以加上「少女就這樣長大成人」這句像是名作的話語，引導讀者闔上最後一頁。

至於普通模式，就是將神祕木乃伊交給想得到它的回收業者。趁這時候上演友情戲碼，隨著感人臺詞道別也不錯。對不起，謝謝，再見。以普通模式最能為故事漂亮收尾，事後回憶或許也有另一番滋味。

但是，我理所當然般選擇困難模式。不考慮其他選擇。

我大致都是這樣。

我打電玩的時候，也是一開始就選最難的模式。

所以，我選擇以惡魔為誘餌叫出惡魔，甚至除掉這個專程前來的惡魔。以這種莫名其妙的劇情做為故事結局。

我不認為寄神祕木乃伊給我的某人希望我這麼做。那個傢伙——那個騙徒，肯定希望我選擇簡易模式吧。

但是，我不認為我是那個傢伙期望的我。

母親或許也是對我有所期望，才將左手的木乃伊留給我，但我同樣無法符合母親的期望。

我是運動員，所以我很清楚「回應周圍期待」的意義。但要是明知這一點，卻找到背叛這份期待的意義，我肯定應該貫徹這個原則。

如果高中時代凡事都是在製作回憶，就應該盡量製作滿意的回憶。

即使遲早會遺忘。

「……神原選手，我原本以為再也不會見到妳。」

週五放學後。

今天是正常上學日，也不是考試週，但是放學後的體育館，沒有任何學生致力於社團活動。和週一放學後一樣，我獨自位於體育館，沒有別人。

「感覺像是在睡前，不經意回想起早已遺忘的往事。」

……球場上，有一名褐色頭髮、身穿運動服、四肢有兩肢以石膏繃帶包裹、拄著拐杖的少女。但她不能列為「人」來計算。

因為，她已經不是人類。

「沼地，我就知道妳在這裡……肯定是貝木告訴妳吧？」

我說完之後，她難得不悅般蹙眉回應。

「那個騙徒果然有惡魔的部位，而且是『頭部』這個重要至極的部位，真是難以置信。即使他秉持著任何事實只說一半的主義，他這樣打從一開始就只想騙我吧？不曉得是打算在最後搶走我擁有的所有部位，還是打算賣給我……」

「真要說的話，應該是後者。趁價值達到頂點賣出……不對，即使是前者，要是將湊齊的部位賣給學者，應該更能獲利。」

大致就是這麼回事吧。

無論如何，即使沼地認為貝木是商業夥伴，以騙徒身分四處行動的貝木，一直和沼地打交道應該也沒太大意義，這樣的他們居然維持聯絡好幾年，真要說的話相當不可思議。但如果是基於這層意義，我就可以理解。

不過，即使對方是幽靈也想詐財，他也太貪心了。

這種騙徒只對我一個人和善，果然很噁心……

但他說過，如果是為了我，他大致上可以幫忙詐騙任何傢伙。

所以這次我就接受這份噁心的和善吧。僅此一次。

利用所有能利用的東西。

……我實在無法使用這種定型句，但如果我真的這麼想，拜託阿良良木學長肯定是最快的方法。

「神原選手，那個木乃伊——惡魔的頭部，可以給我嗎？」

沼地這麼說。從她的角度，這是一種妥協，也是給我一段緩衝時間。她始終是和平主義者。

到了這個地步，她依然想選擇不傷害彼此的方法。

我不曉得這是簡易還是普通模式，但這種做法應該可行。相較於盡量避免衝突、將問題延後到未來解決，這是充分可行的做法。

她只是和我的想法不同。

她是正確的。她肯定是正確的。

不過，我也是正確的。我肯定是正確的。我們都沒錯。

但在正確的兩者產生衝突時，必須有一方堅持下去。

「不要。」我如此回應。「妳是專程來見我的昔日勁敵，我不想對妳太冷漠，但這個東西不能給妳。」

「……為什麼？」

「為什麼呢？」我面對沼地的詢問，半認真地窮於回應。「如果真要說理由，大概是我擔心妳將來收齊惡魔部位之後，妳自己可能會成為真正的惡魔。」

「玩火會自焚，玩惡魔會成為惡魔？我不是你們，沒那麼軟弱。」

「很難說。這東西是頭顱啊，偏偏是大腦啊……不對，應該吧。我認為妳不會變成惡魔。妳很堅強，應該不會向惡魔許願，妳有願望應該會以自己的力量實現。所以真要說理由的話……」

我慎選話語這麼說，而且沒能選擇最好的話語。

「這樣的妳，我看不下去。」

「看不下去……？那妳別看不就好了？」

我搖頭回應疑惑的她。

她說得對。

可是，這也沒辦法吧？

因為，我看見妳了。

或許是因為我們同樣擁有惡魔部位；或許是因為我想找「惡魔大人」諮商我的不幸；或許是因為我們是昔日的勁敵。我不曉得真正的理由。

但我看得見妳。

因為看得見，所以看不下去。

「我認為世上所有事情，追根究柢都是這麼回事。看不下去、無法置之不理，這種程度的動機就是根源。無論是正義還是邪惡，到最後都是因為『看下不去』。看見不想看見的事物，因而看不下去。」

「…………」

「沼地，來對決吧。」

我從書包取出桐木盒子，像是炫耀般拿給她看，並且這麼說。

「這是對決。在這座體育館的這個球場一對一。如果妳贏了，我就送妳這個文化遺產。相對的，如果妳輸了，妳今後就得完全停止『蒐集不幸』與『蒐集惡魔』。」

「……這是怎樣？荒唐。」

沼地真的說得一副荒唐、免談的樣子，如同完全不想理會我。

「我接受這場對決，沒有任何好處吧？」

「有喔，至少只要妳接受這場對決，這個木乃伊就不會被我用鎚子打碎。」

「……用鎚子……妳開玩笑吧？」

「不是開玩笑。妳身為收藏家，非得接受這個條件。何況妳既然也是籃球員，就沒辦法拒絕這個挑戰吧？」

「……我把話說在前面。」

沼地微微瞇細雙眼，完全以警告的意圖瞪著我。

「若是以那個木乃伊為賭注，就不會是上次那種遊戲，而是使出全力的對決。」
「是嗎？我一直以為妳上次也是使出全力。」
「我所謂的使出全力，是使出惡魔手腳全力的意思。神原選手，妳覺得妳這個人類有勝算？」
「總之……我要是覺得沒勝算，就不會這麼說了。」
我終究無法充滿自信地回應，但我還是儘可能地裝腔作勢。
如果是阿良良木學長，應該會在這時候更明顯、更盛大地虛張聲勢吧。
「所以，妳的決定是？」
「我願意。我當然願意。不過，我要先問個問題。對我來說，這場對決確實有好處，但是對妳來說呢？神原選手，這場對決究竟對妳有什麼好處？」
「我說過吧？要是我贏了，妳就得停止『蒐集不幸』與『蒐集惡魔』。先不提不幸，但妳至今蒐集的惡魔部位，我會負責處理掉。」
「所以說，這是我的壞處，不是妳的好處吧？」
「並非如此。」我說著將桐木盒子放在地上。「妳吃虧就是我的好處之一。」
「啊……原來如此。」沼地像是接受我的說法，靦腆一笑。「原來妳討厭我。」
「一點都沒錯。」我點頭回應，而且果然有些靦腆吧。「難道妳以為妳這種個性不會被討厭？」

「……神原選手，話說在前面，無論勝負結果如何，我也可以使用惡魔的手腳，從妳那裡硬是搶走桐木盒子——搶走惡魔的頭部啊？甚至可以揍妳一頓之後搶走啊？妳不怕？」

「我……不怕。」

關於這一點，我沒有裝腔作勢，正直說出自己的想法。

「沼地，妳這個女生即使敢偷，也不敢搶。」

「…………」

「不過，這只是我對妳的期望。我覺得這樣的妳才像妳。」

我說完之後，當場換裝。

我捨不得浪費時間去更衣室，當場換裝。反正除了沼地沒人看見。

我從書包取出的不是運動服，是我一年級時，在全國大賽上場所穿的紀念隊服。

並不是想討個好兆頭。

我基於極為現實的預測，認定這身打扮如同使用習慣的籃球一樣，最能發揮神原駿河這個球員的本事，所以從房間挖出這套隊服。

鞋子也是現役時代的籃球鞋。

要說使出全力，我也同樣是使出全力。使出最強的實力。

「……桐木盒子放在地上不管，還在我面前脫光，妳真相信我。」

「我稍微算是暴露狂。」

「既然這樣，持續隱藏手臂的這一年，應該像是身處地獄吧。」

「嗯。」

我率直點頭。我不是擅長隱瞞的人。

「那麼，快點開打吧，開始對決吧。要是能得到頭部，應該可以很快蒐集到其他部位，因為妳也說過，這正是惡魔的『首腦』。」

沼地說完，和上次一樣粉碎石膏繃帶，讓底下的惡魔造型曝光，還脫下運動服上衣，上半身只剩一件吸溼發熱T恤。

原來如此。她的T恤底下，確實彷彿地獄。

各處都是惡魔。

莫名像是某種惡質、搞怪的蠟像。

看樣子，即使是皮膚底下，肯定也有好幾處內臟是惡魔。

她說她還沒蒐集三分之一，但她應該一半以上是惡魔了。

變成這樣依然繼續蒐集惡魔，與其說是基於收藏魂，更像是罹患強迫症的偏執狂做出的行徑。

沼地一開始或許是基於自己的意願蒐集惡魔，但她如今或許只是依照惡魔的命令蒐集惡魔。

完全是「成為惡魔的手下」。

玩惡魔會成為惡魔。

沼地宣稱自己沒那麼軟弱，但世間沒有任何人不軟弱。

若是知道可以實現願望，沒人不會許願。

若真的有這種不軟弱的人，那就不能稱為人類，是另一種次元的概念。

是神，或是惡魔。

「別像上次那樣悠哉對決。持久戰對我過於有利，我會沒有『贏了』的感覺。」

「怎麼回事，妳討厭過於有利？」

「我不討厭過於有利，是討厭對方後來耍賴。」

「這樣啊……那就這樣吧，我們以彼此的專長，一次分勝負。」

「一次分勝負？」

「我進攻、妳防守，一對一，只比一球。我順利得分就是我贏，妳順利阻止就是妳贏。以我的原點──短跑來形容，就是五十公尺賽跑；以妳的原點──足球來形容則是ＰＫ。」

「這樣……」

沼地依然很謹慎，一副思索片刻的樣子，卻在檢討之後這麼說。

「這樣對我過於有利吧？」

不愧是「毒之沼地」，真有自信。

不過，我同樣有自信。

「沒這回事。我要不是覺得這樣對自己有利，就不會提議這個規則。」

「這樣啊……既然彼此都認為對自己有利，應該就沒問題。那就快點開始、快點結束吧。一直妨礙現役世代的練習，我會過意不去。」

「我說沼地。」

「什麼事？」

「妳不想升天？」

沼地走到球場裡的罰球線附近時，我如此詢問。

這是我無論如何，都得在對決前詢問的事情。

然而……

「啊？」沼地如此回應。「這是怎樣，是以我身體化為惡魔來比喻？那妳的比喻不算高明。既然是惡魔，應該要稱為『召喚』之類吧？『升天』這種說法，就像是把我當成幽靈。不提這個，神原選手，方便借我鞋子嗎？就算不是籃球鞋，只是體育館用鞋也好。仔細想想，赤腳對上妳終究沒勝算。」

「……知道了。更衣室應該有別人的備用鞋，妳自己借來穿吧。」

我如此回應她，但我不曉得自己是何種表情。

沼地立刻背對我離開，所以她肯定沒看見我露出何種表情。但我的背、肩膀、全身都在顫抖，這一點大概瞞不住。

「知道了。更衣室在這個方向吧？」

沼地說完離開罰球線，前往更衣室。她身影一消失，我就像是腿軟般當場癱坐。

居然會這樣。這是出乎我預料的狀況。

沼地蠟花**沒察覺自己已死**。

不曉得自己是幽靈。

沒察覺自己是蒐集不幸的怪異。

忘記自己……自殺。

「天底下……有這種事嗎……」

不，應該有。

仔細想想，從以前就經常流傳這種「幽靈沒察覺自己已死」的鬼故事。

我去年經歷各種事，導致知覺遲鈍，不知何時將怪異視為理所當然而接受。

然而並非如此。大多數的人並非如此。

所以，即使許多人無法接受「自己是死後世界的居民」這個天大事實也不奇怪。

這種事無從取得統計數據，但這樣的人或許比較多。

任何人都不想承認自己死亡，甚至不願意相信吧。

沼地即使看起來從容自在，喜歡講得看透塵世，精神似乎很堅強，卻不一定能夠接受自己死亡的事實。

她並不是在說謊。

她真的相信自己以保險理賠金浪跡全國蒐集不幸，以這種想法解釋自己的認知。

所以，沒有升天可言。

她就這樣一無所知地蒐集不幸、蒐集惡魔的部位。

「……這樣啊，原來是這樣。我接下來想做的是這種事。」

這不是困難模式，是更高難度的模式。

我接下來要告知昔日勁敵「妳已經死了」這個事實。如果是戲劇，這種臺詞或許可以說得很帥氣，但在現實之中只有殘酷可言。

但是，我要這麼做。做這種殘酷的事。

事到如今無法反悔。因為我已經決定這麼做。

這麼做可以將這個徘徊的幽靈，將這個行為不具生產性的幽靈，將這個擁有兩種病態蒐集嗜好的幽靈，從這個世上解放。就某種層面來說，或許算是助人的行為。

不過，這不是做完會覺得舒坦的行為。

我絕對不能這麼覺得。

如同沼地蒐集不幸使得他人得救，即使結果是好的，也無法成為免罪符。

善良與正義是一種意志，不可以是其他的東西。

我並不是想救她。

只是因為，她是我今後可能變成的樣子。

是的，我只是看不下去，所以想除掉她。

「我想以昔日勁敵的身分，超渡那個傢伙。」

即使我沒做，應該也有人會做。

如同高中生們找沼地商量的煩惱會以時間解決，即使我置之不理，忍野先生或是貝木應該也會解決沼地的事。

即使如此，我還是要做。

我想做。

我不會說「非做不可」這種背負義務般的話語。

對，追根究柢，或許是更單純的原因。

我只是想好好勝過那個女生——勝過沼地。

我想確認，那個傢伙不是我。

我想確信。

「久等了。那就開始吧。」

從更衣室返回的沼地，雙腳穿不同的籃球鞋，其中一腳是男用鞋。她是配合惡魔左腳的尺寸而挑選，所以沒什麼好奇怪。

不只是借穿的籃球鞋，她原本就是全身上下失衡的少女。

不自然、不穩定。

所以我覺得，若要說我無法放任她不管的理由，我想講多少都找得到，想越久就想得到越多。不過在這時候，就歸結於單一的理由吧。

沒錯，我想和這傢伙對決。

不適合戰鬥的我，如此心想。

如此而已。

想要一決勝負。

無論如何，我說出千言萬語，也不足以協助沼地升天。

我沒有能送給她的話語，沒有能為她送行的話語。

只能以比賽來表達。

我面對再度站在罰球線前面的沼地，一邊輕輕運球，一邊刻意緩慢接近。

我的每一步都像是無法挽回的某種東西，但我無法後退。

我站在沼地正前方，放低重心，將球保護在胸前。

「真是不可思議。這麼說來，神原選手，即使我們國中時代頻頻互稱勁敵，這次卻是第一次和妳認真對決。」

「嗯？是嗎？但我記得我們交戰過好幾次吧？」

「我們打過練習賽或是共同練球，卻從來沒在正式比賽交戰過。不過像是日傘，我就和她交戰過，而且交戰過好幾次……緣分真是不可思議。總之，單淘汰賽難免會有這種狀況。」

「真意外……我不知為何，覺得國中時代一直在和妳交戰……大概不只是完全相反的籃球風格，我們也在各方面意識到彼此吧。」

「但妳畢業之後就忘了吧？妳應該滿腦子都是戰場原小姐的事。」

「妳這種人的事情，我確實忘記了。」

我果斷回應，話中儘可能帶刺。

如同扼殺我心中依然殘留的些許迷惘與明顯芥蒂，果斷回應。

「但我回想起來了。」

「…………」

「今天的事情也一樣，我應該會立刻忘記，並且總有一天會想起來。沼地，妳對於『比起不做而後悔，不如做了再後悔』這種說法有什麼感想？」

「嘴硬不服輸。」沼地如此斷言。「當然是不做而後悔比較好。」

「是啊，我也這麼認為。只有不曉得『事後後悔』滋味的不負責任第三者，才會認為做了才後悔比較好。不過……」

我繼續說下去。注視著沼地說下去。

「不過，最好的狀況是『做了不後悔』。」

噠！

我隨著這句話展開行動。

正確來說，是試圖展開行動。

然而沼地在這一瞬間施加壓力，如同要壓在我身上般，阻止我的動作。她將我稱不上預備動作，近乎痙攣的動作，解釋成比賽開始的動作。

只能說她了不起。

同時，我也體認到五天前的一對一，始終只是一場遊戲。那始終只是如同練習賽或是共同練球時的較量。

這次是正式比賽。

不對，更勝於正式比賽。

連惡魔之力也盡情發揮，這是沼地蠟花使出全力的泥沼防守。

惡魔般的防守。

「唔……」

我當然沒小看她的實力，但我能做出的反應只有呻吟，真的只有如此。

是的，沼地不准我採取任何行動。

我親身感受到，「禁跳的沼地」這個別名只形容出一半真相。她不只禁止我跳，甚至還禁止我呻吟。

也禁止我運球或射籃。

不是近身防守的程度，她緊貼著我、緊黏著我，令我聯想到貼紙。

感覺像是具備黏性的貼紙，直接貼在我的肌膚，彷彿越是掙扎試圖剝開，越會造成無法挽回的後果。

沼地不發一語。

這是當然的，比賽時不可能講話。她也非常認真，這是死後依然化為幽靈現身的執著。

賭上一切的這種防守，證明相較於沒失去任何事物的我，她賭上的事物不一樣。

不對！我也有失去的事物！

要是沒在這場比賽贏她，我肯定會失去——基於真正的意義，真的失去自我。

我可不希望自己的人生，任憑妳這種傢伙擺布。

除了我剛才瞬間呻吟，我們彼此不發一語，但我們像是在深入交談。

再怎麼說，我與沼地都是徹底的運動型人物。

我果然喜歡籃球。

透過籃球，無論和任何人——和討厭的傢伙、無法相互理解的傢伙、甚至是已經死亡的傢伙，都能進行如此深入的交談。

「呼……」

我吐出體內的氧氣，退後籃框兩步。我剛才說動不了，只限於往籃框的方向，沼地不可能一個人就三百六十度完全封鎖我，她看漏我這個動作。

與其說看漏，或許應該說刻意放過。她只是沒進一步追過來。

距離這麼遠無法射籃得分。我並不是完全沒有投三分球的能力，但命中率將大幅降低。

何況，要是不管三七二十一射籃，即使勝利也沒用。

我在勝率五成的賭博中贏得勝利——這種勝利哪值得誇耀！

我正在對決啊！

和昔日的勁敵……不對！

和現在的勁敵對決！

『妳想怎麼做？』

這個勁敵以視線如此詢問。拿著球退後兩步的我，已經無法移動。打籃球的人第一個學會的規則，就是走步。

即使對方是走訪日本全國的怪異，若是以走步為理由決勝負，實在是事與願違。

換句話說，如果我堅持和沼地完全分出勝負，只能運球穿越她。

然而正如我剛才的體驗，難度高到恐怖。老實說，人類不可能運球穿越沼地。所以我不打算向神祈禱，更不打算向惡魔許願。

**用不著依靠那種傢伙，我也有可靠的同伴**。

沼地，妳很強。

我在高一見識全國的優秀選手時，或許也沒遇過如此嚴密的防守。

雖然部分原因在於妳現在藉助惡魔之力，但除去這一點，妳的實力應該也在全國首屈一指。

所以妳左腳報廢時，真的不曉得妳絕望到何種程度。失去的事物如此沉重，不曉得妳絕望到何種程度。但我覺得妳當時絕望的真正原因，並不是左腳報廢。

但要是我這麼問，妳應該會否定吧。

無論如何，泥沼防守難以突破。

不過，這是以「我一個人的力量」而言。

別忘了，籃球不是單人運動。

「呼……」

雖然沒人計時，但我在即將五秒犯規時扔出球。

胡亂射籃？

不對，只有這件事，我絕對不會做。

我是在傳球。胸前傳球。

我不可能帶球穿越毒之沼地，但如果有人幫忙拿球就是兩回事。

不過，這個人是誰？誰會接我的傳球？

明明是一對一，我究竟傳球給誰？答案只有一個。既然是一對一，我在球場上能傳球的對象只有一人。

是的，就是沼地蠟花。

「……？」

無論是人類還是惡魔，一顆球迅速飛過來，雙手都會做出反射動作。反射性地去接。

我還沒確認她接到球，就已經採取火箭式起跑。我相信她會接住我的傳球。

有時候，勁敵比己方更值得信賴，比隊友更像隊友。

正因如此才是勁敵。

討厭、憎恨，卻認同對方。

我全速穿過沼地身旁，而且當然趁機拍掉她手上的球。

抄截。

這次反倒是沼地因為拿球導致動作遲緩。我就這樣穿過她身旁，如同表演一場預先套招的兩人舞蹈。

然後，我就這麼以慣用腳猛踩。

以雙手穩穩抓住只運一次的球，朝籃框跳起。

我不進行只靠機率的對決。我要完全勝利。

正因如此，我要以這隻手，以我的手，將球送進籃框。

不是靠機率，是確實進球！

「……呃！」

然而，我在這時候放聲驚呼。因為發生了我未曾預料的狀況。

我和籃框之間，插入一隻手。

沼地的手。

她在我穿越的下一剎那迅速轉身，立刻重整態勢再度防守，試圖蓋我火鍋。

但是，不可能……「禁跳的沼地」不可能這樣！

形容成「以緩慢動作為賣點」很好聽，卻也是缺乏敏捷度的致命缺陷。防守能力如此優秀的沼地，在進攻時卻是平庸的球員，就是基於這個原因。說穿了，她缺乏臨場判斷的能力。

將問題延後到無效的這份耐心，也堪稱源自她這種個性。我在一對一的比賽，採取「傳球給對手」的這個妙計，也是預測她遲疑的時間會比常人更久。

這個預測明明是正確的，卻沒想到她展現這種瞬間回防的身手。

因為身體有惡魔的部位？

她以惡魔的手腳，做出原本不可能的動作？

或許如此，但也可能不是。

因為，沼地伸入球與籃框之間的不是左手，是右手。

「我……」

她應該沒有真的發出聲音說話，她不可能有這種餘力。

所以，我不是聽到。是感覺到。

「……我不想輸！」

「我也是！」

到這個地步，就無關於策略或技術。

我使勁將球扣入籃框，像是連同沼地的右手扣進去。

球穿過籃框落地，我與沼地複雜的交纏在一起，也幾乎同時落地。

我差點將沼地壓在下面，好不容易以雙手撐住免於一難。

但也因此，我的姿勢像是將沼地推倒在地。就像是上次沼地對我做的那樣，只是位置互換。

只有臉的位置，嗯，比當時近了一點。

我與沼地聽著籃球在體育館彈跳滾動的聲音，在短短數公分的距離相視。

四目相視。

「……呵。」

「嘻嘻。」

「哈哈……哈哈哈……」

「呵呵呵……拜託……」

沼地像是覺得很有趣般輕聲發笑，我也同樣發笑。

我們就這麼動也不動。

「我拿到球的時候，比賽就算是我贏吧？」

「沒完全搶走球就不算數。」

「我搶走了。」

「是嗎？那妳後來應該不會追過來吧……但妳追過來時，我嚇了一跳。」

「妳明明說灌籃是犯規……」

「因為這是非贏不可的對決。」

「……連隊友都很少傳球給我，沒想到敵人會傳球給我。」

「…………」

「真不錯。對喔，我忘記了。不對，我至今都不曉得，籃球是團隊運動。我就這麼不明就裡，退出籃球界……」

沼地說著閉上雙眼。

還以為她在索吻，但不可能是這樣。即使如此，要是一直維持這種姿勢，我可能會產生邪念，所以我雙手施力起身，就這麼站起來。

我輕輕跳躍，確定摔倒時沒受傷。剛才硬是灌籃，稍微瘀青也在所難免。

「唉～……」

沼地就這麼躺在地上，雙手攤開成為大字形，嘆出好長一口氣。

一副灑脫的表情。

我這麼說也不太對，但接下來這個譬喻非常合適，甚至令我不好意思用在這裡。

她露出一副心魔盡去的表情。

原來如此。這個傢伙，原來是這麼可愛的女孩。

既然這樣，早知道至少親一下。我有點後悔。

「這就是敗北啊。總覺得終於好好輸一次了。」

「好好？」

「因為我這一生，不太清楚何謂敗北……真是的。神原選手，妳別準備學測，快回到運動界吧。除了社團活動，能讓妳展現能力的地方要多少有多少吧？為什麼還在原地踏步？不對，以妳的狀況不是原地踏步，是袖手旁觀。人生沒有緩衝時間喔。」

「……聽妳說出這種話，我真不知該如何是好。」

我說著仰望體育館天花板。

並不是想看什麼東西，單純只是拉個筋，確認脖子是否受傷。

「不過，想到這是『惡魔大人』的寶貴建議，我就不會太生氣。」

接著，我將視線移回沼地。

「我也說幾句不錯的臺詞吧。我說沼地……」

但我移回視線之後，沒看到人。

並不是沒看到任何東西。

因為沼地剛才仰躺的地方，有好幾個像是乾燥猿猴木乃伊的部位，如同解剖室展示的標本一樣整齊排列。

美麗地，排列成人型。

「……嘖，明明是慢郎中，卻只有撤退速度真的很快……」

我沒悲傷，也沒驚訝。

只覺得應該如此而認同。

到最後，那個傢伙就這樣沒察覺自己死亡，甚至不曉得自己是誰，就消失了。

這是一段莫名其妙的人生。

這句話包含真實感。

她說她這一生不太清楚何謂敗北　卻在最後的最後，好好輸了一次。

我成功讓她敗北。

「不過……我其實也不覺得好好贏了這場對決。」

既然沼地消失，就代表即將有許多遲到的運動社團社員將抵達。

我迅速將球場上展示的木乃伊，收進預先準備的塑膠袋。我粗魯的動作可能會招致收藏家沼地的抱怨，但我無暇在意蒐集家的囉唆執著。

「妳或許憧憬團隊合作……不過在擅長團隊合作的我眼中，妳以一擋五的打法更令人憧憬。」

不在乎他人意見，無視於他人目光，自由奔放的妳，令人憧憬。

人們總是憧憬不同於自己的存在。

想成為自己以外的某人，想得到自己沒有的東西。

不同的外表、不同的個性、不同的環境。

好人憧憬壞人、壞人憧憬好人。

只要是別人的東西，即使是不幸也想得到。沒錯，這就是人類。

沼地身影消失，我將她的收藏品全部回收之後，總算察覺。

原來如此，我不是討厭沼地。

「我是……羨慕那個傢伙。」

我承認這一點之後，感覺自己可以畢業了。從某種事物畢業。

# 032

接下來是後續，應該說是結尾。不對，或許應該形容為開端。

當晚，我做了這個夢。

「正義的動機，大多來自於對邪惡的嫉妒；邪惡的動機，則是來自於對正義的反感。長輩對晚輩的勸告，大多來自於嫉妒年輕；小孩忤逆大人，主要在於妒忌經驗。實地工作的部屬，想早點成為頤指氣使的上司；被行政工作壓得喘不過氣的上司，懷念不用背負沉重責任的部屬時代。窮人夢想成為富人；富人想要窮人的自由。單身的人嚮往結婚；成家的人也會懊悔於從單身貴族沒落。總歸來說，駿河，這次的事件對妳而言就是這麼回事吧？」

母親這種擺架子斷言的語氣，我如今非常熟悉，但是今晚做的夢有個不同之處，就是我向母親回嘴了。

「母親，不是這樣。」我說。

嗯，沒錯，我一直是以這種拘謹的語氣對母親說話。我回憶起這件事。

並不是母女之間有隔閡。

不過，母親確實令我想以這樣的態度應對。其中包含敬意，也應該包含畏懼。

無論如何，這不是和母親交談使用的語氣。

但我依然這麼做。我如今無法改變這種個性。

「這次的事件，只是和巧遇的某人一起玩得很開心，如此而已。」

母親看起來對我這番話失笑，看她沒多說什麼，或許只是當成我在逞強。

總之，這樣也好。

雖然不是戀父情結，但母女非得對立、對決才行。想到這種機會遲早會來臨，即使是在做夢或是幻聽，和她打好關係也沒意義。

貝木對我母親有一份情，但我不需要抱持相同意見。那個傢伙自己說過，無論喜歡任何人，都不構成非得喜歡我的理由。

到頭來，要我感謝那位將天大東西託付給我的母親，實在是胡說八道。但事情也沒那麼單純就是了。

總有一天，我肯定會感謝母親，理解母親的想法。

然而不會是現在，也不會是不久的將來。必須要等我超越母親，不然至少也要追上母親。

否則，我肯定不懂母親的想法。

「不成藥，便成毒。否則妳只是普通的水。不過，那孩子即使是無法成藥或成毒的水，感覺也像是泥水。駿河，那妳呢？」

「天曉得……當個渾水如何？」

「不好笑。」母親說。

總之，我有同感。

所以我是個無趣的人。

「那麼母親，改天見。」

「嗯，改天見。」

然後，我醒了。

應該說被叫醒了。

但是叫我起床的不是爺爺或奶奶，不知為何，居然是阿良良木學長。

「咦？咦？為什麼阿良良木學長在我枕邊？難、難道……！」

「不是妳想的那種難道。」

好像是學長造訪時　奶奶准許他直接到我房間，順便叫我起床，他就這麼通行無阻來到我床邊。

毫無防範意識。

「幾乎全裸睡覺的妳，哪有防範意識可言……該怎麼說，我現在看見妳的裸體也開始無感了。」

「這句話會害您上法庭喔。」

「反倒是妹妹全裸比較讓我興奮。」

「得上兩次法庭了。」

「我有兩個妹妹，或許得上三次。」

「您是在什麼時候看見妹妹全裸？」

「還用說嗎？例如脫她們衣服的時候。」

「別上法庭，直接判刑比較好吧？」

「好了啦，我要趕快收拾了。」

我就這麼被硬挖起床。

今天是週六，其實要上學，但我睡到中午，被挖起床也在所難免。

不過，和沼地的那場對決，就某種意義來說，比起整晚跑步還嚴苛，只睡這樣就能被叫醒，甚至算是一種幸運。

不只肌肉痠痛，真要說的話，這是一場撞鬼經驗，我身心一起受創也不奇怪。

既然這樣，我覺得再休息一下應該也無妨。但沒想到阿良良木學長難得、久違地前來幫我整理房間，我不能冷漠趕他離開。

週六的清掃活動，是上次見面時的約定。其實如果到週六這天還無法解決沼地那件事，我就想找阿良良木學長商量。

我預先留下這張安全牌。

這應該是我的軟弱之處。但是這張安全牌，不曉得讓我增加多少信心。

「話說，一陣子沒看見，居然又亂成這樣。」

「哎，就是這麼回事。」

「為什麼洋洋得意……照這樣看來，像之前那樣每個月打掃兩次也不夠吧？」

「不不不，我打算讓今天成為阿良良木學長照顧我的最後一天。」

「是嗎？」

我穿上衣服，一起打掃起房間。至今受阿良良木學長照顧時，我都只是到走廊等候以免礙事，但我今天主動幫忙。

其實不能說幫忙，這是我的房間，這麼做是理所當然。

打掃時，我將新學期開始之後的各種體驗，說給阿良良木學長聽。事情全都過去的現在，我才敢說出來。

結束之後、說出來之後，我才發現似乎不是什麼天大的事。即使如此，我還是想說給阿良良木學長聽。

「這樣啊，妳肯定很辛苦，而且很難受吧。」

這是阿良良木學長的感想。

「不，並不難受……」

「妳很難受。妳在好壞兩方面，都過於嚴以律己。如果是我肯定半途而廢

」

「但我自認是以阿良良木學長為楷模啊？」

「所以我不是說嗎？妳太高估我了。比起我，妳這傢伙偉大太多了。」

阿良良木學長應該不是奉承或安慰，而是由衷說出真心話。

但我還是覺得，如果是阿良良木學長，就能讓故事進展得更加俐落。

「……對了，阿良良木學長，我有個請求。」

「嗯？」

「從沼地那裡回收的惡魔木乃伊，我很頭痛該如何處理。可以的話，阿良良木學長能接收嗎？」

「我不在意，但我該怎麼處理？」

「想說可以當成小忍的點心。」

「啊啊……原來如此。這應該是最無後顧之憂的處理方式。但那些東西不是具備文化價值嗎？」

「既然落入我手中，就算它們運勢已盡。」

惡運已盡。

並不是不能賣給貝木，但這樣真的不曉得他之後會如何濫用。既然這樣，還不如給幼女補充營養，我覺得這是適當的處置。也是妥當的惡魔末路。

「他人的不幸甜如蜜啊……我不太能理解。聽別人炫耀不幸，我只會覺得煩。」

「總之，阿良良木學長應該會這麼想吧。比阿良良木學長還不幸的人很少見。」

「笨蛋，我比任何人都幸福。」

「真敢說。不過，如果能實現任何一個願望，阿良良木學長會許什麼願望？」

「這很難說。我願望太多，或許沒辦法做決定。」

「哎……大致都是這麼回事吧。」

願望這種東西，總是多到無法選擇。

而且也不該選擇。不應該當成一種選擇。

因為一旦選擇，願望就不再是願望，而是強烈的意志。

或許會成為傷害自己、傷害他人的強烈意志。

非得自覺這一點才行。

不應該隨意地、幼稚地，如同寫在短籤掛在樹上、如同向聖誕老人撒嬌，從諸多願望之中選擇一個。

選三個也太多了。

我們應該選擇的，肯定不是在眼前排滿的願望，是其他東西。

沒錯，例如生活方式、例如人生、例如道路。

應該是這種東西。

但願如此。

「真要許個願望的話，比方說，如果小憐不是妹妹該有多好……」

「只有這個不准選。」

「不對，如果不是妹妹，就沒那個味道了，所以不行。雖然是妹妹，卻沒有血緣關係……不對，繼妹就像是在鑽法律漏洞，會有罪惡感，我還是希望她光明正大是我的親妹妹。既然這樣，我想想，該怎麼說，乾脆修改法律……」

「火憐妹妹……不要緊嗎？」

阿良良木學長認真思考我隨口提出的問題，使我認真擔心起來。

「妳擔心什麼？小憐不要緊，我會一輩子照顧她。」

「…………」

我無言以對。

這個人今後的人生將會如何？

與其說擔心，我更加不安。

不過，如果只是許願，自由許願也無妨。

別說三個，幾個都行。

「話說……」

阿良良木學長開口了。態度似乎和至今一樣隨便，又似乎不是如此。總之某些部分有所切換。

「願望這種東西，有沒有實現都無妨。願望得由自己實現，所以或許無法實現，但是許願的行為本身，應該就具備價值吧？」

「許願的行為本身？」

「嗯。不提是否能實現，最好知道自己內心的願望比較好。自己想要什麼、自己想成為什麼樣子、自己是個什麼樣的人……要是不知道這些事，將會輕易迷失。」

「……那個人就是為此，將『猴掌』託付給我嗎？」

「那個人？啊，妳是說令堂吧？嗯……不，這就難說了。總之，孩子不會知道家長的想法。」

阿良良木學長莫名地懷抱感慨這麼說。或許是想到家長買給他的車吧。

何況阿良良木學長也說過，他和家長相處不太融洽。

但我不曉得他們家發生過什麼事，也不想問。

嗯……說得也是。

我一直以為那個人沒把我當成孩子。

不過，或許那個人出乎意料，總是把我視為女兒、視為可愛的獨生女對待。

……不過，這真的是我的願望。

清掃工作開始數小時後，不必要的東西累積而成的地層全部從我房間撤除，而且今天預定的計畫，至此總算完成一半。

和爺爺奶奶一起享用完茶水，我在清爽的房間中央鋪上報紙，在脖子披上毛巾。阿良良木學長拿著髮剪繞到我身後。

「真的可以？」

「嗯，一鼓作氣剪短吧。」

後半的預定計畫，是我昨晚決定的事情，所以我沒預先告訴阿良良木學長。阿良良木學長喀喳喀喳動著剪刀開口。

「真可惜。現在的髮型明明很適合妳……」

「嗯，我也很喜歡，但不適合運動。」

「真是的，這是我第三次剪女生頭髮。」

「您至今過著怎樣的人生啊……」

「所以我或許意外地熟練，但妳難道沒有固定光顧的髮廊？」

「有。」我如此回應。「但我希望阿良良木學長幫我剪。」

「為什麼？」

「做個了斷。」

阿良良木學長輕哼一聲，點頭回應。

他應該不是有所認同，卻沒有進一步追問，我對此非常感謝。

「對了，阿良良木學長，改天可以開車載我一趟嗎？」

「可以是可以，不過要去哪裡？」

「我想去掃沼地的墓。」

「啊啊……那我叫小月調查地點。」

「嗯……其實我也想繼承沼地的遺願，幫她蒐集另一半的惡魔部位，但這個想法應該不會付諸實行吧。」

「這樣就行了，妳用不著背負一切。何況惡魔這種東西，分散到各處應該比較安全。那麼，我開始剪囉。」

阿良良木學長再度如此宣布之後，對我的頭髮噴霧。

「…………」

沼地蠟花。

她不把自己的人生形容為故事，而是形容為後記，認為像是演員下臺後的閒聊。

既然這樣，蒐集不幸或蒐集惡魔的行徑，或許都類似隱居後的嗜好。

我不認為自己幫了她，也不可能是救了她。

並不是無法形容為「讓她擺脫無意義的嗜好」，但究竟誰能否定這種無謂或無用的行徑？

又不是家長，不可能有資格否定別人的無謂行徑。

所以，我只覺得自己成為她的阻礙。從她協助我左手復原來看，我這種做法簡直是忘恩負義。

但是，我只能這麼做。

既然這樣，也只能祈禱了。

只能祈禱沼地和我的那場對決——和我的首度對決，令她樂在其中。

只能像是向神求情、像是向惡魔許願，如此祈禱。

只能祈禱她即使身為人類時抑鬱而終，身為怪異時並非抑鬱而終。

我希望那個傢伙臨終時的遺憾，是沒能和我神原駿河認真對決。

不是想和惡魔玩，是想和我玩。

那個傢伙這三年，是為此而存在。

今後要連那個傢伙的份努力打球。如果我說得出這麼貼心的臺詞，應該可以漂亮作結，但我實在很難說出這種厚臉皮的話。

我不是這種人。

即使如此，我還是想效法她的黏性。我沒有這種死後也死纏著興趣不放的黏性。這麼說來，我今天還沒檢視報紙新聞。哎，少看一天應該無妨。說不定兩天、三天都無妨。

即使熟睡，也無妨。

自責不是反省，也不是自我懲罰。

自責或自我懲罰，都不算是懲罰。

人們既然沉迷於無意義的嗜好，而且回顧、反省以前的自己，那麼總有一天非得面對未來。

邂逅與別離。

換座位與換班。

我在反覆學習與畢業之中，長大成人。

有所得、有所失、經驗、遺忘……以此逐漸打造未來的我。

我肯定會忘記現在的心情。

正因如此，我非得活在當下。不是未來，也不是過去。

不對，我想活在當下。

阿良良木學長手上的剪刀，終於進入我的頭髮。

響起喀嚓的聲音。

雖然是切身之痛，但這份痛楚是我期望不到的東西。是我求之不得的經驗。

「神原，要是妳這次的行徑為人所知，肯定有各種人說出各種想法。有人認為妳這麼做是對的，也有人認為妳這麼做是錯的，但問題不在這裡。無論別人怎麼說，妳都不用在意。因為妳並不是做了對的事情，也不是做了錯的事情。」

阿良良木學長修整我的頭髮這麼說。回想起來，他或許是第一次像這樣，對我投以溫柔的話語。

「妳是在揮灑青春。」

# 後記

自己認為的自己和旁人認為的自己一致，這樣的人應該不存在，為什麼？打個比方，聽到自己錄的聲音，大多會覺得「這不是我的聲音」，或許和這種狀況類似吧。在這種時候，「這不是我的聲音」的心情不是異樣感，比較接近否定感，或許沒人聽過自己錄的聲音會覺得「哇，原來我是這種聲音，比想像中美妙」。基於這一點，這個比喻也切中紅心，聽到旁人對自己的想法（形象），覺得「哇，原來我在他人眼中是這樣，比想像中美妙」的人，我覺得也很少。如果是負面傳聞當然不在話下，即使出乎意料受到讚賞，也會覺得「沒有啦，我並不是這樣」……俗話說，沒人討厭受到他人稱讚，但實際上意外地並非如此吧？如果他人稱讚的點不是自己的期望，討厭受到稱讚的人或許很多。但即使自己認為的自己和旁人認為的自己有差異，我覺得也無法斷言何者正確。畢竟誤會久了會成真，誤解久了也會成真。真相究竟只有一個，還是有多少人就有多少真相，這部分眾說紛云，但我認為真相不存在於任何地方，有多少人就有多少誤解。總歸來說，名為自我的個體不存在，自我風格也不存在，但是這種說法終究太過分吧？要是招致誤解，敬請見諒。

話說回來，西尾維新喜歡「別怕誤解儘管說出口」這句話，不只在作品裡，在日常對話也經常用到，基於這層意義，似乎可以宣稱本書是不怕誤解的小說。不，無法宣稱。或許應該說是害怕誤解的小說。由神原駿河做為敘事者的時間點，就已經造成各種誤解，老實說，我很害怕。總之，「真相不存在於任何地方，有多少人就有多少誤解」這種說法，即使不是只限於此處的論點，我覺得人類也不可能不怕誤解吧。本書就是我抱持這種想法，以百分之惡魔的興趣寫成的小說《花物語　駿河・惡魔》。百分之惡魔大概是百分之666？我不清楚就是了。

神原第一次上封面，VOFAN老師是以清新的畫風呈現。其實也考慮過由沼地上封面，可是她很恐怖，何況她似乎不喜歡拋頭露面。不過，我希望總有一天寫寫看《蠟花・神》之類的。我就是因為講這種話，才導致現在處於天大的狀態。我可不是想讓各位誤解喔！就是這種感覺。

西尾維新

## 作者介紹

### 西尾維新 (NISIO ISIN)

1981 年出生，以第 23 屆梅菲斯特獎得獎作品《斬首循環》開始的《戲言》系列於 2005 年完結，近期作品有《戀物語》、《難民偵探》、《悲鳴傳》等等。

### Illustration

VOFAN

1980 年出生，代表作品為詩畫集《Colorful Dreams》，在臺灣版《電玩通》擔任封面繪製，2005 年由《FAUST Vol.6》在日本出道，2006 年起為本作品《物語》系列繪製封面與插圖。

## 譯者

哈泥蛙

專職譯者。出爾反爾的特性眾所皆知，最具代表性的例子是「工作過多，今年絕對不接新作品」，但還是接了。

書盒子

花物語

（原名：花物語）

作者／西尾維新
插畫／VOFAN
譯者／張鈞堯
執行長／陳君平
榮譽發行人／黃鎮隆
協理／洪琇菁
國際版權／黃令歡、梁名儀
執行編輯／呂尚燁
美術主編／李政儀
企劃宣傳／陳品萱

出版／城邦文化事業股份有限公司 尖端出版
台北市中山區民生東路二段一四一號十樓
電話：（〇二）二五〇〇七六〇〇 傳真：（〇二）二五〇〇二六八三
E-mail：7novels@mail2.spp.com.tw

發行／英屬蓋曼群島商家庭傳媒股份有限公司城邦分公司 尖端出版
台北市中山區民生東路二段一四一號十樓
電話：（〇二）二五〇〇—七六〇〇（代表號）
傳真：（〇二）二五〇〇—一九七九

中彰投以北經銷（含宜花東）／楨彥有限公司
電話：（〇二）八九一九—三三六九
傳真：（〇二）八九一四—五五二四

雲嘉經銷／智豐圖書股份有限公司 嘉義公司
電話：（〇五）二三三—三八五二
傳真：（〇五）二三三—三八六三

南部經銷／智豐圖書股份有限公司 高雄公司
電話：（〇七）三七三—〇〇七九
傳真：（〇七）三七三—〇〇八七

一代匯集／香港九龍旺角塘尾道六十四號龍駒企業大廈十樓B&D室
電話：（八五二）二七八三—八一〇二
傳真：（八五二）二七八二—一五二九

馬新經銷／城邦（馬新）出版集團 Cite(M)Sdn.Bhd.
E-mail：Cite@cite.com.my

法律顧問／王子文律師 元禾法律事務所
台北市羅斯福路三段三十七號十五樓

二〇一三年九月一版一刷
二〇二三年九月一版四刷



■中文版■

郵購注意事項：
1. 填妥劃撥單資料：帳號：50003021戶名：英屬蓋曼群島商家庭傳媒(股)公司城邦分公司。2. 通信欄內註明訂購書名與冊數。3. 劃撥金額低於500元，請加附掛號郵資50元。如劃撥日起 10～14日，仍未收到書時，請洽劃撥組。劃撥專線TEL：(03) 312-4212 ・ FAX：(03) 322-4621。E-mail：marketing@spp.com.tw

**國家圖書館出版品預行編目資料**

花物語 / 西尾維新 著; 張鈞堯 譯.
—1版.—臺北市：尖端出版, 2013.09
面 ; 公分.—(書盒子)
譯自:**花物語**
ISBN 978-957-10-5360-8(平裝)

861.57 102014215